經學研究叢書・經學史研究叢刊

焦循《毛詩補疏》探究

劉玉國　著

目次

第一章
緒論

　　吾國學術史上，清代考據學乃與漢代經學、隋唐佛學、宋明理學並列而蔚為時代風潮者。揚州學派則為清代樸學最重要之流派之一，其中焦循與汪中（1745-1794）、王念孫（1744-1832）、王引之（1766-1834）、阮元（1764-1849）、劉台拱（1751-1805）、劉寶楠（1791-1855）等同為該派代表人物，為後世學者所推重。

　　焦循字理堂，一字里堂，晚號里堂老人，世居甘泉縣（今江蘇省揚州市黃珏橋鎮）。生於乾隆二十八年（1763），卒於嘉慶二十五年（1820）。里堂幼承家學，聰慧勤力，穎悟過人，雖經濟拮据，家境清貧，刻苦向學，未嘗一日廢學；舉凡經史、天文曆算、詞曲詩文、醫藥建築，皆廣涉獵，博約有得，阮元譽為「通儒」者。[1]

　　早歲，里堂亦望學優入仕，有志科考，十七歲（乾隆四十四年，1779年）應童子試，取為附學生員，為其赴舉子業，求取功名之伊始。惟以運命與才學相左[2]，鄉試屢挫；遲至嘉慶六年（1801年），年三十九，始中舉人，而憶及昔年一場科考異夢，竟令其求仕之心萌生退意[3]。七年（1802），赴京參加會試，詎料又嚐敗績；自此絕意仕

1　清阮元撰，鄧經元點校：《揅經室集‧通儒揚州焦君傳》（北京市：中華書局，1993年），上冊，頁475-481。

2　焦循〈答鄭耀庭書〉中曾述及乾隆年間參試迭遭不順，遂發「弟既讀書，習舉子業，豈不樂得進士鼎甲哉？竊謂亦有命焉！」之歎。見焦循：《焦循詩文集‧雕菰集》（揚州市：廣陵書社，2009年），上冊，頁260。

3　焦循在《憶書》中記載一場與科考相關之異夢，受其影響，「余仕進之心亦從此澹

進，遠離科場，閉門著述。觀其一生，除曾應姻親、至友阮元（先後任山東學政、浙江學政、浙江巡撫）之邀，游幕浙魯，為阮宮保私人僚屬外，一生竟與仕宦之途絕緣。失之東隅，收之桑榆，仕進雖斷，里堂卻相對擁有更多時間、心力，殫精竭慮於學思著述，[4]為吾國學術鎔鑄偉業，澤被後世。

里堂為學，求讀若渴；廣收博取，鉅細靡遺。焦廷琥（1782-1821）〈先府君事略〉謂其父：

> 府君每得一書，無論其著名與否，必詳閱首尾；心有所契必手錄之；或友朋以著作來者，無論經史子集以至小說詞曲，必詳讀至再至三，有所契則手錄之，如此者三十年。[5]

焦氏亦曰：「其人著述雖千卷之多，必句誦字索，不厭其煩。」[6]然里堂嗜學又非徒事材料之積累，必出之以深思細辨，核其實，挹其精，得其要。其弟焦徵（1774-?）嘗述其言：

> 學貴善用思。吾生平最得力于「好學深思，心知其意」八字。學有輟時，思無輟時也。食時、衣時、寢時、行路時、櫛沐

矣。」見嚴一萍選輯《百部叢書集成・憶書》（臺北市：藝文印書館），冊一、卷三，頁2。

4 焦循戚族摯友阮元嘗云：「江都焦氏，居北湖之濱，下帷十餘年，足不入城市，……元與焦君少同遊，長同學，元以服官，愧荒所學，焦君乃獨致其心與力于學。」（《揅經室集・焦氏雕菰樓易學序》，上冊，頁122、123）

5 新文豐出版公司編輯部編輯：《叢書集成三編・先府君事略》（臺北市：新文豐出版公司，1999年），冊86，頁17。

6 焦循：《焦循詩文集・雕菰集・述難五》，上冊，頁326。

時、便溺時，凡不能學時，皆當即所學而思之。[7]

〈先府君事略〉則謂焦循：

> 有不達，則思。每夜三鼓後不寐，擁被尋思，某處當檢某書，
> 某處當考某書。天將明，少睡片刻。日上紙窗，即起盥漱，依
> 夜來所思，……檢而考之。[8]

焦循善思，善檢核成習，故能謙懷受教，唯善與是相依從。焦氏撰
〈釋橢〉，友朋沈方鍾（?-?）閱後有指正之言，里堂答書曰：

> 細閱簽出諸條，足正弟之誤，已依改正。嘗謂友朋之益，不在
> 揄揚而在勘核，揄揚為一時之名計，勘核為千百年之名計。[9]

而於江聲（1721-1799）規正己所撰《群經宮室圖》，里堂亦藉此留
言、曉諭子孫：

> 嗚乎！人有撰述以示於人，能移書規之，必此書首尾皆閱之
> 矣。於人之書而首尾閱之，是親我重我，因而規我。其規之
> 當，則依而改之；其規之不當，則與之辨明。亦因其親我重我
> 而不敢不布之以誠，非惡乎人之規己而務勝之也。[10]

7　〈先府君事略〉，頁5、6。

8　〈先府君事略〉，頁18。

9　〈先府君事略〉，頁22。

10　《焦循詩文集·雕菰集·江處士手札跋》，上冊，頁326。

此焦氏力戒驕矜，但求罄盡己能，[11]不妄評是非[12]之根柢，而鄙薄偏執，力倡融貫通變，亦是焦循治學的重要主張。《家訓》中有言：

> 近之學者，無端而立一考據之名，群起而趨之。所據者漢儒，而漢儒中，所據者又惟鄭、許。執一害道，莫此為甚。專執兩君之言，以廢眾家，……吾深惡之也。釋經不能自出其性靈，而守執一之說以自蔽，如人不能自立，投靠富貴有勢力之家，以為之奴。乃揚揚得意，假主之氣以凌人；受其凌者，或又附之，則奴之奴也。既為奴之奴，則主人之堂階戶牖，且未嘗窺見，猥曰：吾述而不作也，吾好古敏求也。此類依草附木，最為可憎。[13]

偏執之弊，焦循以趨炎附勢之家奴譬之，偏執者但姝姝自媚、狐假虎威，實不克登堂入室，照見百官宗廟之富美，氏以為「執一害道，莫此為甚」，故力主學當博廣融通：

> 今學經者眾矣，而著書之派有五：一曰通校，二曰據守，三曰

---

11 里堂嘗曰：「人莫患乎自以為孔子。自以為孔子，則惟覺己之言是，而天下之言非。惟覺己之言是，而天下之言非，則不復能察天下之言，而其學不進。……夫人各有其性靈，各有其才智。我之所知，不必勝乎人；人之所知，不必同乎己。惟罄我之才智，以發我之樞機，不軌乎孔子可也。存其言於天下後世，以俟後之人參考而論定焉。」（《焦循詩文集·雕菰集·說矜》，上冊，頁181）

12 里堂曰：「學者好詆諆人，人不易詆也。非能是人，不能非人。非人而不中其所非，是為妄非。是人而不中其所是，是為妄是。故善述者，能道人之是，能道人之非。……老於農而後可非農，精於冶而後可非冶，門外者不知門內之淺深。（《焦循詩文集·雕菰集·述難三》，上冊，頁134）

13 《續修四庫全書》編委會主編：《續修四庫全書·里堂家訓》（上海市：上海古籍出版社，2002年），冊951，頁528。

校讎，四曰摭拾，五曰叢綴。此五者，各以其所近者而為之。
通校者，主以全經，貫以百氏……可以別是非，化拘滯。其弊
也，自師成見，亡其所宗……。據守者，信古最深……因守其
說；其弊也，跼蹐狹隘，……守古人之言，而失古人之心。校
讎者，六經傳注，……鳩集眾本，互相糾校；其弊也，不求其
端，任情刪易，往往改者之誤，失其本真。……摭拾者，其書
已亡，間存他籍，採而聚之，……是學也，劬力至繁，取資甚
便。不知鑒別，以贗為真，亦其弊矣。叢綴者，博覽廣稽，隨
有心獲，……略所共知，得未曾有，溥博淵深，不名一物；其
弊也，不顧全文，信此屈彼，……道聽塗說，所宜戒也。五者
兼之則相濟。學者或具其一而外其餘，余患其見之不廣也。[14]

焦循能辨析眾學之優劣，而以兼擅各長為鵠的。秉是卓見，積學儲
寶，專力踐履，此焦氏學術之所以受後世推崇之故也。

　里堂撰著，類別宏富。其犖犖大者如《雕菰樓易學》、《尚書補
疏》、《禹貢鄭注釋》、《毛詩補疏》、《毛詩草木鳥獸蟲魚釋》、《毛詩地
理釋》、《毛詩傳箋異同釋》、《禮記補疏》、《群經宮室圖》、《春秋左傳
補疏》、《論語補疏》、《論語通釋》、《孟子補疏》、《孟子正義》、《北湖
小志》、《開方釋例》、《里堂學算記》、《數學九章》、《焦理堂天文曆法
算稿》、《雕菰（樓）集》、《里堂詩集》、《雕菰樓詞》、《劇說》、《花部
農譚》、《易餘籥錄》等。[15]而經學允為其學術貢獻之重心，後世研究
其《易》學、《孟子》學、《尚書》學、《論語》學、《三禮》學之單篇

14　《焦循詩文集・雕菰集・辨學》，上冊，頁139。
15　焦循現存著述，詳參賴貴三：《臺海兩岸焦循文獻考察與學術研究》（臺北市：文津
　　出版社，2008年），頁461-476。

論文、學位論文或專書較多，[16]相較之下，里堂《詩》學研究之數量則嫌不足，殊為可惜。蓋《詩經》為里堂啟蒙教育中最早接觸之經書，[17]其篤志研經，亦自《毛詩》始。[18]且自二十五歲（乾隆五十二年，1787）始，至五十六歲（嘉慶二十三年，1818）止，共完成《手批十三經注疏・毛詩注疏》、《毛詩地理釋》、《毛詩草木鳥獸蟲魚釋》、《毛詩物名釋》、《陸氏草木鳥獸蟲魚疏疏》、《毛詩傳箋異同釋》、《推小雅十月辛卯日食詳疏》、《易餘籥錄・毛詩》、《毛詩補疏》等，[19]焦氏自謂「余為《毛詩》學最久」者也。[20]是其《毛詩》學亦為焦氏萃注心力之經學力作，必有可觀之處；惟目前研究里堂《詩》學，已知之論著甚少，僅得賴貴三〈讀焦循《推小雅十月辛卯日蝕詳疏》記〉、彭林：〈試論焦循《群經宮室圖》〉等五篇，[21]此與里堂萃於《詩》學之心力難成比例，亟待補足。

上述《詩》學撰著中，《毛詩補疏》一書，乃焦循早年研《詩》，所為《毛詩地理釋》、《毛詩草木鳥獸蟲魚釋》、《毛詩傳箋異同釋》三書之增損合錄本。[22]其撰著之目的，〈序〉文中有明確的說明：

---

16 詳參《臺海兩岸焦循文獻考察與學術研究》，頁476-494之〈焦循研究論著資料彙編〉。

17 據年譜：「先生三歲，嫡母謝孺人撫育之。……孺人教以書數，口授《毛詩》及古孝弟忠信故事。」「先生六歲，父佩士先生命誦《毛詩》。」賴貴三：《焦循年譜新編》（臺北市：里仁書局，1994年），頁25-27。

18 焦循曰：「余始有志於經學，自《毛詩》始。」（《焦循詩文集・雕菰集・詩益序》，上冊，頁278）

19 焦循學習《毛詩》與撰述歷程及其論著文獻，詳參賴貴三：《臺海兩岸焦循文獻考察與學術研究》，頁252-258。

20 稿本《毛詩補疏・題記》，《清代稿本百種彙刊・雕菰樓經學叢書》（臺北市：文海出版社，1974年），冊5，頁1627。

21 詳參《臺海兩岸焦循文獻考察與學術研究》，頁259。

22 〔清〕焦循撰，晏炎吾、何金松等點校：《清人詩說四種，毛詩補疏・毛詩補疏序》（武昌市：華中師範大學出版社，1986年），頁239。以下《毛詩補疏》均用此本，引文後但加注頁碼，不錄書名。

乾隆丁未，館於壽氏之立堂，偶閱王伯厚《詩地理考》，苦其
瑣雜無所融貫，更為考之。[23]

循六歲，先君子命誦《毛詩》，已而讀《論語》，至「多識於鳥
獸草木之名」，私心自喜。……辛丑壬寅間，始讀《爾雅》，又
見陸佃、羅願之書，心不滿之，私有所著述，以補兩家所不
足。[24]

西漢經師之學，惟《毛詩傳》存，鄭箋之，二劉疏之，孔穎達
本而增損為《正義》，於諸經為詳善。然毛、鄭義有異同，往往
混鄭於毛，比毛於鄭，而聲音訓詁之間，疏略亦多。（頁239）

可知該書之撰，旨在補王氏、陸氏等前說不足，尤其著重毛《傳》、
鄭《箋》異同之析辨。蓋焦氏以為，讀《詩》貴在細釋「溫柔敦厚」
之詩教，唯詩人之旨，必待訓詁明、通其辭，方「可繹而思」；而
「毛《傳》精簡，得《詩》意為多。鄭生東漢，是時士大夫重氣節，
而『溫柔敦厚』之教疏，故其《箋》多迂拙，不如毛氏」（頁240），
而《正義》不察，往往混同毛、鄭，且聲音訓詁疏略亦多，故不能不
為書辨而正之。

至於書之體例，係採札記條列式，先舉列被釋之詩句，次列
《傳》、《箋》釋文，然後以己說釋其下；「不必釋者，不贅一辭，不
效類書，臚列而無所折衷」。[25]

著者嘗撰〈焦循《毛詩補疏》及其訓詁方法〉乙文，唯以單篇概
述，篇幅較小，可待補苴處尚多，故以該篇為底，增補成書，庶幾能
為焦循《詩經》學之闡釋，略盡棉薄之力。

23　《焦循詩文集·雕菰集·毛詩地理釋自序》，上冊，頁299。
24　《焦循詩文集·雕菰集》，上冊，頁300。
25　《焦循詩文集·雕菰集·毛詩草木鳥獸蟲魚釋自序》，上冊，頁300。

第二章
《毛詩補疏》內容梗概例述

一　前人釋物之檢討訂補

在《毛詩補疏》中焦循共下了一百七十七條按語，其中釋地理、釋蟲魚鳥獸草木者，係針對前人之說（如《爾雅》、宋・王應麟（1123-1296）《詩地理考》、宋・陸佃（1042-1102）《埤雅》、宋・羅願（1136-1184）《爾雅翼》等）之有歧說、或不妥、不足者加以批判或補正，如：

「陟彼崔嵬」、「陟彼砠矣」條：

> 《傳》：「崔嵬，土山之戴石者。」《傳》：「石山戴土曰砠。」循按：《傳》與《爾雅》相反，必有一誤。〈小雅・漸漸之石〉：「維其卒矣」，《傳》云：「漸漸，山石高峻。」《箋》云：「卒者，崔嵬也，謂山顛之末也。」〈釋山〉：「崒者，厜㕒。」「崔嵬」、「厜㕒」，音相通轉。戴者，冒於上之謂。山之峻削者，石露於顛頂，而土繞其下，是土山戴石也。山卑而平者，土累其上，石骨出於四旁，是石山戴土也。故凡高峻皆為崔嵬。《說文》：「崒，危高也。」「厜㕒，山顛也。」又云：「岨，石戴土也。」「阮，石山戴土也。」「兀，山高而上平也。」《釋名》云：「石戴土曰岨，岨臚然也。土戴石曰崔嵬，因形名之也。」皆與毛《傳》相發明。《廣雅》云：「但，鈍也。」岨猶但。石破出則銳，土冒上則鈍矣。（頁248-249）

　　案：《爾雅・釋山》：「石戴土謂之崔嵬（郭璞《注》：石山上有土者），土戴石為砠（郭璞《注》：土山上有石者）。」[1]此與〈周南・卷耳〉毛《傳》：「崔嵬，土山之戴石者」，「石山戴土曰砠」[2]之詁適反；焦氏從「戴」之為義（冒於上之謂）[3]，以及對較《說文》「嵟屪，山顛也。」「砠，石戴土也。」「阞，石山戴土也。」[4]《釋名》：「石戴土曰砠，土戴石為崔嵬」[5]、《廣雅》：「但，鈍也。」[6]等相關詞義之解說，判定兩歧說當以毛《傳》為正。

　　「宛邱之上兮」條：

　　　《傳》：「四方高中央下曰宛邱。」
　　　循按：《爾雅》：「宛中宛邱。邱背有邱為負邱。」，又云「邱上有邱為宛邱。」（案：《爾雅》原書「邱」作「丘」）「邱上有邱」即「邱背有邱」。宛邱既曰「宛中」矣，不應又混於「負邱」。「邱上有邱為宛邱」七字當是羨文。《釋名》：「中央下曰宛邱，有邱宛宛如偃器也，涇上有一泉水亦是也。」此發明「宛中」之訓，若絕無「邱上有邱」之說者。郭璞以「邱上有邱」之羨文解「宛中」為「中央高峻」，非其義矣。《爾雅・釋山》又云：「宛中隆。」《注》以為「山中央高」，亦非也。《說文》：「宛，屈草自負也。」宛有「屈」義。蓋邱雖高而中有屈曲，望之如龍蛇蜿曲。凡邱山，中央高者，邱即名「邱」，山

1　〔清〕郝懿行：《爾雅義疏》（臺北市：藝文印書館，1966年），下冊，頁895。
2　重刊宋本《十三經注疏・毛詩注疏》（臺北市：藝文印書館，1955年），頁33-34。
3　《說文解字》「戴」篆、段《注》曰：「凡加於上皆曰戴」。見〔漢〕許慎撰，〔清〕段玉裁注：《說文解字注》（臺北市：漢京文化事業有限公司，1980年），頁105。
4　《說文解字注》，頁451、444、741。
5　任繼昉：《釋名滙校》（濟南市：齊魯書社，2006年），頁52、53。
6　徐復主編：《廣雅詁林》（南京市：江蘇古籍出版社，1998年），頁233。

即名「山」，無別名也。惟中央宛曲，則在山為「隆」，在邱為
「宛邱」。且凡從「宛」之字均有「曲」義。馬屈足為「踠」，
貌委曲為「婉」。「腕」為目深，謂目上下高中深，正與「宛
邱」同。屨之庳者為「鞔」，削物為「剜」，小孔貌為「窓」，
皆取於「卑坳」，可為「宛邱」例矣。「隆」從降從生，故亦有
屈曲之義。《方言》云：「車枸簍，或謂之篦籠，或謂之隆
屈。」郭《注》以為車弓，車弓即蓋弓。弓之為狀，中央宛
曲，車蓋似之。《釋名》云：「弓，穹也，張之穹隆然也。簫弣
之間曰淵。淵，宛也，言宛曲也。」弓之型高下屈曲，故曰
「穹隆」、曰「宛曲」。……「宛中」之名宛，名隆，義得相
通，於此可會。（頁316-318）

案：「宛丘」之義，《爾雅》「丘背有丘」與郭璞注「丘背有丘」[7]
皆與毛《傳》「四方高中央下」[8]不同；王應麟《詩地理考》「宛丘」
條曰：

《水經注》宛丘在陳城南道東，……毛氏曰：「四方高中央下
為宛丘。」《爾雅》：「丘上有丘曰宛丘」，孔氏曰：「〈釋丘〉云
『宛中宛丘』，言中央宛宛然，是為『四方高中央下』。」郭璞
謂：「中央隆峻狀如一丘」，與毛《傳》正反。[9]

王氏但引舊說，未予析判。焦氏則取《說文》「宛，屈草自

7　《爾雅義疏》，下冊，頁871、872、873。

8　《十三經注疏・毛詩注疏》，頁250。

9　〔清〕紀昀等編纂：《文淵閣四庫全書》（臺北市：臺灣商務印書館，1986年影印
　本），冊75，頁664、665。

覆」，[10]從「宛」之字多有「屈」義，如「馬屈足為踠」[11]、「目上下高、中深為腕」[12]，以及《釋名》「中央下曰宛丘，有丘宛宛如偃器」[13]等，佐證「宛邱」當指「邱中央有屈曲，望之如龍蛇蜿曲」者；並據以指正《爾雅》、郭《注》之非，補苴王氏之不足。

「遵彼汝墳」條：

《傳》：「汝，水名也。」
循案：《漢書・地理志》：「汝南郡定陵」，《注》云：「高陵山，汝水出，東南至新蔡入淮，過郡四，行千三百四十里。」……「南陽郡魯陽縣」，《注》云：「有魯山，滍水所出，東北至定陵入汝。又有昆水，東南至定陵入汝。」《續郡國志》潁川郡有定陵，汝南郡無定陵。劉昭《注》於潁川定陵引《地道記》云：「高陵山，汝水所出。」…余因論之，汝南之定陵即潁川之定陵。前漢有一縣而分隸兩郡者。《通典》汝南郡郾城縣有漢定陵故城，在縣西北。《太平寰宇記》許州舞陽縣引《地理志》言：「定陵城在縣北六十里。」《詩地理考》亦言：「定陵，今潁昌府舞陽縣。」定陵在漢，正當汝南，潁川兩郡之間，故分屬之。……光武時省併為一，故僅存其一。若汝南、潁川之定陵，後止存潁川是也。潁川定陵至汝南新蔡何以有四郡？余為論之。酈道元嘗為魯陽太守，親驗汝水原流，詳於《水經注》中言：「汝水西出魯陽縣之大盂山蒙柏谷，西即盧

---

10 《說文解字注》，頁344。
11 《玉篇・足部》：「踠，曲腳也。」胡吉宣：《玉篇校釋》（上海市：上海古籍出版社，1989年），冊2，頁1435。
12 《集韻・桓韻》：「腕，腕腕，深目貌。」〔宋〕丁度等編：《集韻》（臺北市：學海出版社，1986年），上冊，頁147。
13 《釋名匯校》，頁67。

氏界也。其水東居堯山西嶺下兩分，一水東逕堯山南為滍水，一水東北出為汝水。」自酈說推之，滍、汝同出一源，滍亦汝也。《班志》於魯陽敘滍水至定陵入汝；於定陵敘汝入淮，蓋定陵以西統汝於滍也。杜預《春秋釋例》、郭璞《山海經、注》並云：「汝出南陽魯陽縣大盂山，東北至河南梁縣，東南經襄城、潁川、汝南至汝陰褒信縣入淮。」《晉書、地理志》：襄城郡、秦始二年置；汝陰郡、魏置。在晉過郡六，在漢過郡四。《班志》言過郡四，自魯陽滍水數之也。……應劭曰：「汝水出弘農，入淮。」班氏自言魯陽，不言弘農也。《說文》言「汝水出弘農盧氏還歸山。」《班志》：「盧氏縣，熊耳在東，伊水出東北。」然則漢時盧氏縣在伊水之南，與魯陽為接壤。酈氏實目驗之，故謂魯陽大盂之西即盧氏界也。許慎、應劭所說與班雖異，而指實同。……《淮南・地形訓》：「汝出猛山。」「猛」與「蒙柏」長短讀。蓋「蒙谷」即「猛山」，而「猛」與「盂」形近而譌，「大盂山」即「猛山」也。高誘《注》云：「猛山一名高陵山，在南定陵縣，汝水所出，東南至新蔡入淮。」「南定陵」者，「南」上當脫「汝」字。……（頁251-255）

案：有關〈周南、汝墳〉「遵彼汝墳」中之「汝水」，王應麟《詩地理考》曰：

李氏曰：汝水，周南之水也。出汝州魯山東南朱氏曰：出汝州梁縣天息山。《水經注》亦出魯陽縣大盂山。《地理志》出定陵縣高陵山。魯陽今汝州魯山縣。定陵今潁昌府舞陽縣。，至蔡州褒信縣入淮。[14]

14 《景印文淵閣四庫全書》，冊75，頁639。

　　王氏於「汝水」之說解語而未詳，特別於其源出之地，但列舉異說，令閱者無所適從；焦循則旁徵博引，除彙集《漢書、地理志》、《續郡國志》、《通典》、《水經注》等相關經、注加以對較，並兼顧不同朝代行政區域之劃分差異與變動（如「前漢有一縣而分隸兩郡者，汝南之定陵即潁川之定陵」，「光武時省併為一，…汝南、潁川之定陵，後止存潁川是也。」「襄城郡，秦始二年置；汝陰郡，魏置。在晉過郡六，在漢過郡四。」），地理位置（如漢時盧氏縣在伊水之南與魯陽為接壤），與字形因相近而譌誤（如「猛」與「盂」形近而譌）等因素，辨析汝水所出異說之「高陵山」、「大盂山」、「猛山」實為一山；許慎、應劭謂汝出弘農縣與《班志》出魯陽縣雖異，所指實同。補充了王應麟（伯厚）之說之不足。

「關關雎鳩」條：

> 《傳》：「關關，和聲也。雎鳩，王雎也。鳥摯而有別。」
> 《箋》云：「摯之言至也，謂王雎之鳥，雌雄情意至，然而有別。」
> 循按：……《傳》以「關關」為「和」，則「摯」非「猛鷙」，故《箋》以「至」明之。《釋文》：「摯本亦作『鷙』。」或以「猛鷙」說之，謂「王雎」為「鵰」「鷙」。《廣雅》鴞、鷙、雕三者為一。陸璣以「雎鳩」為幽州之「鷲」。郭璞以為江東之「鶚」，因以為雕類乃江東食魚之「鶚」，非雕鷲之「鶚」也。《史記、李將軍傳》「射雕」，《索隱》引服虔訓為「鶚」，……《漢書、匈奴傳》云：「匈奴有斗入漢地，……箭竿就羽。」顏師古曰：「就，大雕也，黃頭赤目，其羽可為箭竿。」此所謂幽州之「鷲」也。《穆天子傳》云：「……青雕，執犬羊，食豕

鹿。」郭璞《注》云:「今之雕亦能食麋鹿。」其《蒼頡解
詁》云:「鶚,金喙鳥也,能擊殺麋鹿。」此所謂「雕」、
「鶚」,正西域之「鷲」,郭氏自不以為江東食魚之「鶚」。而
張守節《史記‧正義》取而混合之云:「王雎,金口鶚也,好
在江渚山邊食魚。」誤矣。然則江東之鶚,何鶚也?嘗求之江
南北,有好居渚沚食魚者,正呼為鶚,為「五各反」,即
「王」之入聲,蓋緩呼之為「王雎」,急呼之為「鶚」,此古遺
稱尚可求諸土語者。郭氏以其呼近「鶚」,故假借諸雕鶚之
字……洲渚之鶚亦不一類,……有如白鷺者,或以為白鶴子,
鶴與鶚聲近,假鶴之稱而實非鶴,猶假鶚之稱而實非鶚也。有
尾上白,兩翼微黑者,稱漂鶚,大者為「牛矢鶚」,微小而黑
者稱「苦鶚」,即「姑惡」也。漂鶚又名魚鷹,以其善翔,故
曰「漂」。「漂」與「揚」之義同,此白鷺所以有「揚」之稱
與!尾短,飛則見尾之上白,斯所以稱「白鷺」也。其飛翔之
狀似鷹,故食魚而獨得鷹名。《古今注》以為「似鷹,尾上
白」,而《說文》以「王雎」訓「白鷺」,信有然矣。(頁244-
245)

　　案:「關關雎鳩」之「雎鳩」,毛《傳》以為「王雎」[15];「王雎」
究為何鳥?陸璣(261-303)以為「幽州之鷲」[16];郭璞以為「江東之
鶚」[17],張守節(?-?)以為「金口鶚」[18],異說紛紜。宋陸佃《埤
雅‧釋鳥》曰:

15　《十三經注疏‧毛詩注疏》,頁20。
16　氏著《毛詩草木鳥獸蟲魚疏》,《景印文淵閣四庫全書》,冊70,頁13。
17　《爾雅義疏》,下冊,頁1224。
18　〔漢〕司馬遷:《史記》(臺北市:鼎文書局,1979年),冊3,頁1937。

雎鳩，雕類，江東呼之為鶚，鷙而有別……《詩》曰：「關關
雎鳩，在河之洲」，蓋關雎和而鷙別，而通習水，又善捕魚，
故《詩》以為后妃之比。……徐鉉《草木蟲魚圖》云：「雎鳩
常在河洲之上，為儔偶，更不移處。」蓋鶚性好跱，故每立，
更不移處。……」[19]

羅願《爾雅翼》曰：

雎鳩，雕類，今江東呼之為鶚，好在江渚山邊食魚，故《詩》
云「關關雎鳩，在河之洲」也。鶚，鳥之鷙者，故曰鷙。……
鄭康成則云「鷙之言至也」，謂王雎之鳥雌雄情意至然而有
別。……陸璣《疏》：「雎鳩，大小如鷗，深目，目上骨露，幽
州人謂之鷲。」揚子雲、許叔重皆曰「白鷢」，似鷹，尾上白。[20]

　　陸氏、羅氏之言，蓋彙列前人之說，欠缺析判。焦循則實地走
訪，透過當地居民自古相傳之語，斷明郭璞「江東之鶚」方為正解；
而彼「鶚」乃借音不取其義（彼鳥之土語稱謂即為「五各反」之音，
與「鶚」音相近），非「雕鷲」類之「鶚」；而「五各反」，即「王」
音之入聲，緩讀則為「王雎」，與毛《傳》相合。焦氏更進一步指
出，此生活於洲渚，捕食魚類之鳥，非止一類，有身白如鷺者，或稱
之為「白鶴子」；有尾上白、兩翼微黑而善翔者，稱「漂鶚」，體型大
者為「牛矢鶚」，小者稱苦鶚（或稱「姑惡」），其中之「鶚」、「鶴」、
「惡」都是借音字，而非實義之「鶚鳥」或「鶴鳥」。而「漂鶚」以

19　《景印文淵閣四庫全書》，冊222，頁115。
20　《景印文淵閣四庫全書》，冊222，頁370。

其善翔故曰「漂」，其尾短，飛則見尾上之白，故稱「白鷺」，其翔似鷹，食魚，故亦名「魚鷹」。焦氏之詁，為《詩》之「雎鳩」，及其異稱得名之緣由，做了詳實的說解，訂正了「雎鳩為雕鶚」之譌誤，其勝陸佃、羅願之說遠矣。

「黃鳥于飛」條：

《傳》：「黃鳥，摶黍也。……」

循按：《正義》引陸璣《疏》，以摶黍與倉庚為一物，蓋本《方言》以倉庚或謂之黃鳥。竊謂非也。《爾雅》：「皇，黃鳥。」此一物也。《爾雅》：「倉庚，商庚。」「鵹黃，楚雀。」又云：「倉庚，鵹黃也。」此別一物也。毛《傳》於「黃鳥」訓「摶黍」，於「倉庚」訓「離黃」，不以倉庚為摶黍，即不以黃鳥為倉庚也。《說文》：「離黃，倉庚也，鳴則蠶生。」又云：「鸝，鸝黃也。一曰楚雀，其色黎黑而黃。」未嘗以為黃鳥。鄭氏注《月令》，倉庚為離黃。而〈小雅〉「黃鳥、黃鳥，毋啄我粟」，《箋》云：「黃鳥宜食粟。」今不聞倉庚食粟也。〈小雅〉「緜蠻黃鳥」，《傳》云：「緜蠻，小鳥貌。」是毛以黃鳥為小鳥。〈特牲饋食禮〉云：「佐食摶黍授祝。」《呂氏春秋・異寶篇》云：「以百金與摶黍以示兒子，兒子必取摶黍也。」小鳥之狀與色有如摶黍，故以名之。黍色黃，不雜以黎黑，斯黃鳥似之，直名為黃。「皇」為黃白，非鸝黃之所可混矣。嘗以此詢之金壇段君玉裁，段君以為然，且贊之曰：「黃鳥即黃雀。《國策》『黃雀俯啄白粒』，是可以證。」後見姚彥暉《詩識名解》，於〈小雅・黃鳥〉引其世父《九經通論》云：「此黃鳥，黃雀也，非黃鶯，黃鶯不啄粟。」可以信余說為不孤。（頁247-248）

　　案：本條「黃鳥于飛，集于灌木」見〈周南、葛覃〉，毛《傳》
謂「黃鳥，搏黍也。」《正義》引吳、陸璣《毛詩草木鳥獸蟲魚疏》，
以「搏黍」與「倉庚」為一物；[21]而宋、陸佃《埤雅》「黃鳥」條曰：

　　　黃栗留也，一名倉庚，……齊人謂之搏黍，……。[22]

宋人羅願《爾雅翼》「倉庚」條云：

　　　倉庚，黃鳥而黑章，齊人謂之搏黍，……幽冀謂之黃
　　　鳥，………。[23]

亦皆從陸璣之說。焦循則從毛《傳》「黃鳥」訓「搏黍」、「倉庚」訓
「離黃」[24]之分注；以及〈小雅、黃鳥〉「黃鳥、黃鳥，毋啄我粟」，
鄭《箋》曰「黃鳥宜食粟」，[25]《戰國策》，「黃雀俯啄白粒」，[26]黃鳥
食粟而倉庚不食粟之習性，駁陸氏、羅氏等混「倉庚」、「黃鳥（搏
黍）」為一之誤。[27]

21　《十三經注疏、毛詩注疏》，頁30。

22　《景印文淵閣四庫全書》，冊222，頁124。

23　《景印文淵閣四庫全書》，冊222，頁372。

24　《十三經注疏、毛詩注疏》，頁281。

25　《十三經注疏、毛詩注疏》，頁379。

26　〔漢〕劉向集錄：《戰國策》（臺北市：里仁書局，1990年），上冊，卷17，頁556。

27　「倉庚」即今之「黃鶯」。黃鶯屬「鶯科」，「鶯科」之鳥「食物以昆蟲為主，偶爾也
　　會吃果實，少數會攝食花蜜。」〔見方偉宏等著：《台灣鳥類全圖鑑》（臺北市：貓
　　頭鷹出版社，2008年），頁274〕。黃雀屬「雀科」，「食性隨季節而不同，春季採食
　　嫩芽、樹籽及松子，夏季以昆蟲餵雛，而秋冬則食漿果、草籽、穀物及昆蟲。」
　　（《台灣鳥類全圖鑑》，頁369）衡之以現代鳥類專業知識，焦循之說可從。

「維鵲有巢，維鳩居之」條：

《傳》：「鳩，尸鳩，秸鞠也。尸鳩不自為巢，居鵲之成巢。」
循按：《詩》止言鳩，何以知其為尸鳩？因居鵲巢，知其為尸
鳩，猶因食桑葚，知其為鶻鳩也。崔豹《古今注》云：「鴶
鵴，一名尸鳩。」嚴粲《詩緝》引李氏說云：「今乃鴶鵴
也。」鴶鵴，今之八哥。李時珍《本草綱目》云：「八哥居鵲
巢。」蕭山毛大可亦據目所親驗，以八哥占鵲巢，斷尸鳩為鴶
鵴。見《續詩
傳·鳥名》。余書塾後柘顛有鵲巢，已而有卵自巢墜下，則鴶
鵴卵。蓋鵲巢避歲，每歲十月後遷移，其空巢則鴶鵴居之。歐
陽永叔作《詩本義》，已疑為當時之拙鳥。蓋拙鳥即八哥也。
《方言》以布穀為秸鞠，而不以秸鞠為尸鳩，別以尸鳩為戴
勝，義乖《爾雅》，郭璞已駁破之，而以尸鳩為布穀。陳藏器
《本草拾遺》言：「布穀一名獲穀，江東呼為郭公。」今郭公
四月間有之，飛鳴繞匝，未有居鵲成巢者。……毛以居鵲巢屬
之尸鳩，而崔豹以鴶鵴為尸鳩，實足以羽翼毛《傳》。而鴶鵴
之居鵲巢，禽鳥之性，固歷千古不渝者也。（頁256-257）

案：有關「維鵲有巢，維鳩居之」之「鳩」，陸佃《埤雅》卷七
「鳲鳩條」曰：

鳲鳩，秸鞠，一名摶黍，今之布穀，江東呼為郭公；牝牡飛
鳴，以翼相拂。不自為巢，居鵲之成巢。……《詩》曰：「維
鵲有巢，維鳩居之。」[28]

28　《景印文淵閣四庫全書》，冊222，頁116。

陸佃之說，實則兼取毛《傳》「鳲鳩，秸鞠也」[29]、郭璞《爾雅‧注》「鳲鳩，今之布穀也。」[30]以及唐、陳藏器（681-757）《本草拾遺》「布穀，一名獲穀，江東呼為郭公」[31]之言彙而成之，無見說解與辨析。焦循則援崔豹（？-？）《古今注》、宋人嚴粲（？-？）《詩緝》、明人李時珍（1518-1593）《本草綱目》相關之說互證，兼取毛大可（1623-1713或1716）之據目親驗，以及己身之觀察，辨明毛《傳》之「尸鳩、秸鞠」，「秸鞠」即「鴝鵒」；「鴝鵒」即俗稱之「八哥」；並從「布穀」（「江東呼為郭公」）的生活習性（「四月間有之，未有居鵲成巢者」），與鵲鳥「十月後遷移」，時間不符，斷郭璞「以尸鳩為布穀」之誤，補陸佃但綜引前人之說合而併之之缺失。

「一發五豝、一發五豵」條：

> 《傳》：「豕牝曰豝。」《傳》：「一歲曰豵。」《箋》云：「豕生三、曰豵。」
>
> 循按：《爾雅》：「豕生三豵，二師，一特。牝豝。」鄭司農注〈大司馬〉云：「一歲為豵，二歲為豝，三歲為特，四歲為肩。」毛氏〈七月〉：「言私其豵」，《傳》與司農同。……惟「豝」不用二歲之訓，而用《爾雅》。……《說文》云：「豵，生六月豚。一曰一歲豵，尚叢聚也。」「豝，牝豕也。一曰二歲能相把持也。」……蓋物類之名，有定稱，有通稱。豕、麕、鹿，定稱也。豕牡稱「豭」，鹿牡亦稱「麚」，鹿之有力者稱「豣」，麕之大力者亦稱「麝」，通稱也。若豕生三為叢聚之名，一歲豕尚幼，相叢聚，故亦名豵。及四歲而豕大矣，不叢

29　《十三經注疏‧毛詩注疏》，頁46。

30　《爾雅義疏》，下冊，頁1222。

31　〔唐〕陳藏器撰，尚志鈞輯釋：《本草拾遺輯釋》（合肥市：安徽科學技術出版社，2004年），頁215。

聚而特行矣，故與生一之名同。此義之相通者也。「豝」為
「把持」之義，而豕牝同其稱者，《說文》：「己承戊，象人
腹。」「巴，蟲也，或曰食象蛇。象形。」巴能食象，其腹必
大。其字為腹中有物之形。《爾雅》：「魾，博而頹」，郭《注》
云：「中央廣兩頭銳。」此以形同大腹，故得「魾」稱。手之
把物，猶腹之吞物而大，故「把」取義於「巴」。《方言》：「箭
鏃廣長而薄廉謂之錍，或謂之鈀。」《廣韻》：「鈀，《方言》：
『江東呼鎞箭。』」此亦以鏃形中闊如大腹狀也。豕本大腹，
而牝豕之腹尤大。二歲之豕大腹著見，故稱豝。亦義之相通者
也。（頁261-262）

案：關於「豝」、「豵」之疏解，陸佃《埤雅‧釋獸》云：

> 牝豕曰豝，《說文》云：「二歲曰豝，能相把挐也。」《詩》曰：
> 「彼茁者葭，壹發五豝。彼茁者蓬，壹發五豵。」正言豝與豵
> 者。豝，把挐；豵，叢聚，皆蕃殖之意也。葭，茁於下，蓬，
> 茁於上；豝獲於前，豵獲於後，以言上下草木鳥獸蕃殖。[32]

陸氏但引述《說文》「豵，……一曰一歲豵，尚叢聚也」，[33]
「豝，牝豕也。一曰二歲能相把持」[34]之說，而未見更進一步之闡
明。焦循一則蒐集「巴」、「魾」、「把」、「鈀」等、從「巴」得聲而皆
有「中闊如大腹狀」之義之詞，用以佐證說明「豝」之得名亦係由於
腹大。再則從物類之名有定稱。通稱之區分以及「義有相通，則同用

32　《景印文淵閣四庫全書》，冊222，頁98。
33　《說文解字注》，頁459。
34　《說文解字注》，頁459。

其名」著眼，指出「豕生三為叢聚之名，一歲豕尚幼，相叢聚，故亦名豵，此義之相通者也。」「豕本大腹，而牝豕之腹尤大，二歲之豕大腹著見，故稱豝，而牝豕亦稱豝，亦義之相通者也。」其於「豵」、「豝」得名緣由之詁解，較之陸佃之說，有更深入之補充。

「騧驪是驂」條：

> 《傳》：「黃馬黑喙曰騧。」
> 循按：《爾雅》云：「白馬黑脣，駩。黑喙，騧。」騧冒上白馬為名。
> 孫炎本「駩」作「犉」，言「與牛同稱」。見《爾雅·釋文》犉本黃牛黑脣之名。《爾雅》「白馬」、疑古作「黃馬」，故毛《傳》云「黃馬」也。犉為「黃馬黑脣」之名，故〈小雅、傳〉準此謂犉為「黃牛黑脣」。《說文》：「騧，黃馬黑喙。」亦作「黃」，不作「白」。郭璞言「淺黃色」，蓋調停於黃白之間，恐非古義。（頁310-311）

案：關於〈秦風·小戎〉「騧驪是驂」之「騧」，宋、羅願《爾雅翼》曰：

> 黃馬黑喙曰騧，宋明帝以「騧」字旁似禍，改作䯄；唐太宗有半毛騧（缺文）[35]

從現存之版本觀之，羅氏於「騧」，但引述毛《傳》之解；焦循則指出今本《爾雅》有「（白馬）黑喙」為「騧」之異說；[36]而郭璞

---

35 《景印文淵閣四庫全書》，冊222，頁442。
36 《爾雅義疏》，下冊，頁1336。

《注》:「今之淺黃者為騧馬」,[37]又與毛《傳》、《爾雅》不同,似欲
「調停於黃、白之間」。焦氏復援《經典釋文、爾雅音義、釋畜第十
九》「駁」下云:「音詮,孫本作『犉』,云『與牛同稱』,」[38]以及
《說文》「犉,黃牛黑脣也」,[39]〈小雅、無羊〉「九十其犉」,毛《傳》
「黃牛黑脣曰犉」[40]之詁,斷今本《爾雅》「白馬黑脣,駁」之「白
馬」當為「黃馬」之誤[41](蓋據《釋文》所載孫炎本,牛馬必有相同
之特徵,方能「同稱」);而「騧」乃「冒上白馬為名」,「白馬」既當
為「黃馬」,則《爾雅》「黑喙,騧」,亦當指「黃馬黑喙」。而《說
文》「騧」,正謂「黃馬黑喙」,[42]與毛《傳》「黃馬黑喙曰騧」同。[43]
焦循正《爾雅》及郭《注》「騧」之誤,愈於羅氏《爾雅翼》遠甚。

　　「菌如瓠犀」條:

　　　　《傳》:「瓠犀,瓠瓣。」
　　　　循按:《爾雅》作「瓠棲」。《說文》「棲」、「西」為一字。
　　　　「棲」通「妻」。妻者,齊也。「簡閱」,取乎「齊」,故〈六
　　　　月〉「棲棲」為「簡閱貌」。下文「戎車既飭」,「飭」即「齊」
　　　　義也。葉生齊則盛,故梧桐之盛謂之萋萋。因而心之齊—亦謂
　　　　之萋,「有萋有苴」,《箋》云「盡心力於其事」是也。瓠中之

37　《爾雅義疏》,下冊,頁1336。
38　〔唐〕陸德明撰,黃焯彙校:《經典釋文彙校》(北京市:中華書局,2006年),頁
　　951。
39　《說文解字注》,頁52。
40　《十三經注疏、毛詩注疏》,頁388。
41　〔清〕郝懿行《爾雅義疏》,亦有相同之論辨,謂「《爾雅》白馬必黃馬之誤。」
　　(《爾雅義疏》,下冊,頁1338)
42　《說文解字注》,頁466。
43　《十三經注疏・毛詩注疏》,頁237。

子排列甚齊，故有「棲」稱，《詩》因以比齒之齊也。「犀」、「棲」古多通用，如「棲遲」，〈甘泉賦〉作「遲遲」是也。（頁284-285）

案：「齒如瓠犀」句見〈衛風、碩人〉。《傳》曰：「瓠犀，瓠瓣。」[44]陸佃《埤雅》曰：

《爾雅》曰：「瓠棲，瓣。」《詩》曰：「齒如瓠犀。」犀，瓠瓣也。相法：「齒瓣白如瓠犀，青如榴子者貴。」故《詩》主言之。[45]

《詩》中之「瓠犀」，《爾雅》的「瓠棲」何以即為「瓠瓣」？陸氏未克說明；焦循則從《爾雅》郭璞《注》引《詩》作「瓠棲」之異文，[46]以及《說文》：「妻，婦與夫齊者也。」[47]《詩‧六月》「棲棲」為「簡閱貌」[48]（簡閱之義取乎「齊」）、梧桐之盛謂之「萋萋」（「盛緣自『葉生齊』、「心之齊一」謂之「萋」等，明乎從「妻」聲者、多有「齊」義；而「瓠瓣」排列整齊、故有「瓠棲」之名；而「犀」、「棲」音同相假，故《詩》用「瓠犀」、《爾雅》作「瓠棲」。「齒如瓠犀」正以「瓠瓣」譬況齒之整齊。焦說堪補充羅說之不足。
「贈之以勺藥」條：

44　《十三經注疏‧毛詩注疏》，頁129。
45　《景印文淵閣四庫全書》，冊222，頁195。
46　《爾雅義疏》，下冊，頁948。
47　《說文》：「妻」篆下曰：「婦與己齊者也。」段《注》：「妻、齊，以疊韻為訓。」（《說文解字注》，頁620）
48　《十三經注疏、毛詩注疏》，頁357。

《傳》：「勺藥，香草。」《箋》云：「其別則送女以勺藥，結恩情也。」

循按：《釋文》引《韓詩》云：「離草也，言將離別贈此草也。」《古今注》載〈董仲舒答牛亨問〉云：「勺藥，一名可離，故將別以贈之。」《箋》言「其別則送以勺藥」，蓋古之相傳然也。《廣雅》：「攣夷，勺藥也。」「攣夷」即「離」之緩聲。〈上林賦〉云「宜笑的皪」，〈索隱〉引郭璞云：「鮮明貌也。」又「明月珠子，玓瓅江靡」，《索隱》引應劭云：「其光輝照於江邊也。」張衡〈思玄賦〉云「離朱唇而微笑兮，顏的皪以遺光」，《注》云：「明貌。」左思〈蜀都賦〉云「暉麗灼爍」，劉淵林《注》云：「艷色也。」〈魏都賦〉云「丹藕凌波而的皪」《注》云：「光明也。」勺藥之華鮮艷外著，其稱「勺藥」，猶「灼爍」也。勺藥又為調和之名。〈上林賦〉云「勺藥之和具而後御之」，（案：應為《子虛賦》）文穎云：「勺藥，五味之和也。」韋昭云：「勺藥，和齊鹹酸美味也。」見〈七發〉《注》枚乘〈七發〉云：「勺藥之醬。」張衡〈南都賦〉云：「歸雁鳴鵾，香稻鱻魚，以為勺藥。」《呂氏春秋‧本生紀》高誘《注》云：「鄭國淫辟，男女私會於溱洧之上，有『絢盼』之樂，『勺藥』之和。」是則以詩人贈勺藥取義於和。鄭氏以「勺」與「約」同聲，假借為「結約」，故云「結恩情」。《正義》云：「贈送之勺藥之草，結其恩情以為信約。」此最得《箋》義而說之未明。古人「棗」取於「早」，「栗」取於「慄」，多假聲音以為義。取勺藥為結約，與取勺藥為調和，其假借一也。（頁299-301）

案：關於〈鄭風‧溱洧〉「贈之以勺藥」，羅願《爾雅翼》「芍藥條」曰：

芍藥,華之盛者,當春暮祓除之時,故鄭之士女取以相贈。董
仲舒以為將離贈芍藥者,芍藥一名可離,猶相招贈以文無,文
無一名當歸也。……其根可以和五臟、制食毒;古者有芍藥之
醬,合之於蘭桂五味以助諸食,因呼五味之和為芍藥。[49]
……或以為五味之和,或以為以蘭桂調食,雖各得彷彿,然未
究名實之所起。至韋昭又訓其讀勺,丁削切;藥,旅酌切,則
並沒此物之名實矣。今人食馬肝馬腸者,猶合芍藥而煮之,古
之遺法,馬肝食之至毒者,……則制食之毒者,宜莫良於芍
藥,故獨得藥之名。[50]

　　羅氏之說,可歸納為三點:一、芍藥為華之盛者。二、引用董仲
舒之說解釋「將離之所以贈以芍藥,以其又名可離」。三、「芍藥」能
制食物(馬肝)之毒,故獨得「藥」之名。惟「華之盛」者何以名為
「芍藥」,則未見進一步之說解;董仲舒之說是否允妥?亦未能論評
(蓋芍藥之所以又名「可離」,亦可能係因將離、贈之以芍藥,而非
名「可離」,故離別以之相贈。果如是,離別贈以「芍藥」之原由仍
不明);至謂「芍藥」能制食毒故得「藥」之名,則此「藥」又何以
與「芍」結合而成其「芍藥」之名?亦未得申解。焦循則以音、義為
線索,彙蒐〈上林賦〉中之「的皪」、「玓瓅」[51],〈思玄賦〉之「的
皪」,[52]〈蜀都賦〉之「灼爍」[53]等詞組及其註解,以見各該複音詞皆
有「勺」、「樂」之聲旁,而共具「光鮮亮麗」之通義,藉茲闡明「勺

49 《景印文淵閣四庫全書》,冊222,頁274。
50 《景印文淵閣四庫全書》,冊222,頁273-274。
51 〔梁〕蕭統編,〔唐〕李善注:《文選》(臺北市:五南圖書出版公司,1991年),上
　　冊,頁199、208。
52 《文選》,上冊,頁374。
53 《文選》,上冊,頁101。

藥」之得名，正以其花色「鮮亮艷麗」。並從古人以「棗」表「早」、以「栗」表「慄」等之諧音運用，說解《箋》、《正義》以「臨別贈勺藥」係表「結恩情」、「為信約」之意[54]，蓋因「勺」與「約」音同而相假借，又據〈子虛賦〉[55]、〈七發、注〉[56]、《呂氏春秋、本生紀、高誘注》[57]等書面材料，明「勺藥」又具「調和」之義，故臨別相贈，亦取「合和相悅」之義。焦說實較羅說中肯而具說服力。

「采葑采菲，無以下體」條：

《傳》：「葑，須也。菲，芴也。下體，根莖也。」

循按：《齊民要術》云：「菘、須音相近。」然則「須」即「菘」耳。「菘」字漢前所無，惟作「須」。《吳錄》言陸遜催人種豆菘。《齊書》：「武陵王留王儉設食、盤中菘菜而已。」又周彥倫說秋末晚菘。梁顧野王收之於《玉篇》。《爾雅》：「須，葑蓯。」《說文》：「葑，須蓯也。」「須蓯」正為「菘」字緩聲。《齊民要術》有種蔓青法，又有種菘及蘆菔法，言「菘菜似蔓青，無毛而大」。又引《廣志》云：「蕪青，有紫花者，白花者。」今驗圃蔬秋冬生者肥大，食之甘，俗名白菜，此「葑」也。至春開黃花，根葉俱老不堪食。四月後種者，小而不肥，俗呼為蔓菜，亦呼毛菜，此其為蔓青者矣。二者形以時判，實為一類。然花皆黃色，無紫與白者。惟《方言》云「其紫華者謂之蘆菔」。《說文》：「菔，蘆菔，似蕪青，實如小尗。」此今之來服，俗呼為蘿蔔，與葑異物。《方言》以莖葉

54 《十三經注疏、毛詩注疏》，頁182、183。

55 《文選》，上冊，頁194。

56 《文選》，下冊，頁868。

57 陳奇猷校釋：《呂氏春秋校釋》（臺北市：華正書局，1985年），上冊，頁31。

似蕪菁附於葑，而以紫華別之，正以明葑華之不紫也。……
《急就章》云：「老菁蘘荷冬日藏」，顏師古《注》云：「菁，
蔓菁也。一曰蕦菁，亦曰蕪菁。言秋種蔓菁，至冬則老而成
就，蓄藏之，以禦冬也。」冬月為菹，正是葑菜。今通呼為青
菜，猶古人稱菁之遺。《釋文》謂「江南有菘，江北有蔓菁，
相似而異」。今之生江南者，俗呼瓢兒菜，實即江北之白菜。
地土有殊，形味稍別，而為「葑」為「須」則通稱耳。菲之為
芴，猶非之為勿，余嘗會而通之。蟲之名「蜚」者，一名「盧
蜰」，則菜之名「菲」者，即「蘆萉」也。「蘆萉」即「蘆
菔」，與蔓青一類，故詩人並與舉之耳。（頁267）

案：關於〈谷風〉「采葑采菲」之「葑」，宋、羅願《爾雅翼》曰：

〈谷風〉曰：「采葑采菲，無以下體」，毛氏曰：「葑，須
也。……」《箋》云：「此二菜，蔓菁與蒩之類也。……」據鄭
此注，則以「葑」為蔓菁之類，……《禮記・坊記・注》亦
云：「葑，蔓菁也。」[58]

羅氏但承鄭《箋》之詁，謂「葑」為「蔓菁」之類，惟於毛
《傳》，「葑，須也」，卻未見解說。焦循則能拈出《齊民要術》所引
舊注「江東呼為蕪菁，或為菘，菘、須音相近」、[59]以及《爾雅》之
「須，葑蓯」、[60]《說文》「葑，須從也」、[61]「須從」正「菘」之緩

58 《景印文淵閣四庫全書》，冊222，頁307。
59 《景印文淵閣四庫全書》，冊730，頁34。
60 《爾雅義疏》，下冊，頁987。
61 《說文解字注》，頁32。

讀[62]；以及《南齊書》之「菘菜」[63]、《玉篇》之「江東曰菘，蕪菁也」[64]等佐證闡發毛《傳》所解之「須」即為「菘菜」；復援《齊民要術》曰「種菘法與蕪菁同」[65]，以及實際目驗求證於圃蔬之種植，析述了「菘」與「蔓菁」，雖統言為一類，析言則「形味以時判」（秋冬生者肥大，食之甘，此「葑」也；四月後種者，小而不肥，此蔓青也）。不僅彌縫了羅願說之不足，也駁正了《齊民要術》，所引《廣志》「蕪青有紫花、白花者」[66]之誤（焦循據目驗，謂花皆黃色，無紫與白者）。而「菲」之為物，焦氏則透過聲音與物名之對校、會通，「蟲之名蜚者，一名盧蜰」，[67]則菜之名菲者，當即是《爾雅．釋草》之「蘆葩」，[68]「蘆葩」即《說文》之「蘆菔」，俗稱「蘿蔔」也。[69]「菲」既為「蘆菔」之又名，而「非」與「勿」音近[70]相通（「菲之為芴，[71]猶非之為勿」），「葖」從「突」與「忽」音近，[72]從「非」得聲者亦可

---

62 《說文》：「葑，須從也。」段《注》曰：「葑，須為雙聲，葑、從為疊韻。單評之為葑，絫評之為葑從。單評之為須，絫評之為須從，語言之不同也。……〈坊記．注〉云：『葑，蔓菁也，陳宋之間謂之葑。』《方言》云：『豐蕘，蕪菁也。陳楚之郊謂之豐。』郭《注》：『豐舊音蜂，今江東音嵩，字作菘也。』玉裁按：豐、菘皆卽葑字，音讀稍異耳。『須從』正切『菘』字。」（《說文解字注》，頁32）

63 〔梁〕蕭子顯撰，楊家駱主編：《南齊書》（臺北市：鼎文書局、1978年），冊2，頁626。

64 《玉篇校釋》，冊3，頁2557。

65 《景印文淵閣四庫全書》，冊730，頁35。

66 《景印文淵閣四庫全書》，冊730，頁34。

67 《爾雅．釋蟲》：「蜚，蠦蜰。」（《爾雅義疏》下冊，頁1181）

68 《爾雅義疏》下冊，頁961。

69 《說文》「菔」篆曰：「蘆菔。」段《注》：「今之蘿蔔也。〈釋草〉：『葖，蘆葩。』郭云：『葩宜為菔。』」（《說文解字注》，頁25）

70 「非」，幫紐微部，「勿」，明紐物部。見郭錫良：《漢字古音手冊》（北京市：北京大學出版社，1986年），頁92、135。

71 《爾雅．釋草》：「菲，芴。」（《爾雅義疏》下冊，頁967）

72 「突」，定紐物部；「忽」，曉紐物部。（《漢字古音手冊》，頁93、104）

與「突」者音近而通（「《方言》云：「薶、突，卒也。江湘之間，凡卒相見謂之薶相見，或曰突」，[73]《廣雅》「薶、突，猝也。」[74]），故「葖」亦為「蘆菔」之別名。凡此觸類旁通之解說，迥非羅願《爾雅翼》所能及。[75]

「秬鬯一卣」條：

《傳》：「鬯，香草也。築煮合而鬱之曰鬯。」

循按：〈春官・鬯人〉：「凡王弔臨，共介鬯」，鄭司農云：「鬯，香草。王行弔喪被之，故曰介。」《疏》引〈王度記〉：「天子以鬯，諸侯以薰。」「大夫以蘭，士以蕭，庶人以艾。」鬯與薰、蘭等並言，是為香草名。又引〈禮緯〉云：「鬯草生庭。」鬯之為草，其說舊矣。《傳》云「合而鬱之」，此「鬱」為鬱積，不以為鬱金草也。〈肆師〉「祭祀之日，及果築煮」，鄭司農云：「築煮，築香草煮以為鬯。」〈鬱人〉：「凡祭祀，賓客之祼事，和鬱鬯以實彝而陳之」，鄭司農云：「鬱，草名。十葉為貫，百二十貫為築，以煮之鑊中，停於祭前。鬱為草若蘭。」此以鬱為草名，築煮之則名鬯。與毛《傳》義異。鄭康成《注》云：「鬱，鬱金，香草也。宜以和鬯。」注〈鬯人〉云：「鬯，釀秬為酒，芳香條暢於上下也。」此《箋》云：「秬鬯，黑黍酒也。」是以鬱為草名，鬯為酒名，與毛《傳》異。與鄭司農亦異。蓋以〈郊特牲〉云

---

73 《景印文淵閣四庫全書》，冊221，頁344。

74 《廣雅詁林》，頁180。

75 羅願《爾雅翼・釋草》「葖」條云：「葖，蘆菔。《爾雅》釋曰紫花菘也，俗呼溫菘，似蕪菁、大根，一名葖。俗呼雹葖。一名蘆菔，今謂之蘿蔔。……」（《景印文淵閣四庫全書》，冊222，頁308）羅氏於「蘆菔」又名「葖」之原由，未見說解。

「鬱合鬯，蕭合黍稷」，又《周禮、鬱人》別於〈鬯人〉故也。因為通考之。〈雜記〉云：「暢，臼以椈，杵以梧。」「暢」即「鬯」《漢書·律厤志》「然後陰陽萬物靡不條鬯該成。」顏師古云：「鬯與暢同。」〈房中歌〉「清明鬯矣」，顏師古云：「鬯，古暢字。」臼杵，擣築之器，冠以鬯字，則鬯非酒名。《說苑》云：「鬯，百草之本，上暢于天，下暢于地，無所不暢，故天子以鬯為贄。」《春秋繁露、執贄篇》云：「天子用暢，積美陽芬香以通之天。暢，亦取百香之心獨末之，合之為一，而達其臭味。」《水經注》引應劭《風俗記》：「鬱，芬草也。百草之華煮以合釀黑黍。」《傳》以「築煮合而鬱之為鬯」，亦非以鬯即是草名，正以百草之英為說也。而「祼將于京」、《注》云：「祼，灌鬯也。」「黃流在中」、《傳》云：「流，鬯也。」是又以鬯為酒矣。鄭氏以「秬鬯」為無鬱之酒；而〈鬯人〉「共鬻鬯」、《注》又云：「鬻尸以鬯酒，使之香美者。」《疏》云：「此鬯酒中兼有鬱金香草，故得香美也。」是亦以鬯而兼鬱矣。因以經文考之，〈鬯人〉「大喪共鬯以沃尸」，「王齊共秬鬯以給淬浴」，斷無以酒浴者。又臨弔被介鬯，酒則何以言被也？《司尊彝》「凡六尊六彝之酌，鬱齊獻酌」，《注》引〈郊特牲〉云：「汁獻涗于醆酒。」彼《注》云：「謂沛秬鬯以醆酒也。獻讀當為莎，齊語也。秬鬯者，中有煮鬱和以盎齊，靡莎沛之，出其香汁，因謂之汁莎。」〈鬱人〉亦言「和鬱鬯以實彝」。是鬱鬯必俟和於酒，而鬱鬯非酒也。蓋鬱為香草名，擣煮合而釀成之謂之鬯，所以釀之用黍，故又曰「秬鬯」。令人擣諸香草之屑，合之稻米，搏以為佩，俗稱為香料，即鬯之遺制也。用於祼則和醆酒而沛之，用於浴則和水以供之，用於弔喪則不和而被之。鬯人汎掌諸鬯，鬱人專主灌酌。戠有不同，故名有各異。以鬯為香草者，從其本也。（頁366-369）

案：關於〈大雅、江漢〉「秬鬯一卣」之「鬯」何所指？宋‧陸佃曰：

> 鬯，草名。先鄭小毛所謂「鬯，香草也。築而煮之為鬯。」因
> 謂之鬯。《傳》曰：「鬯草生庭。」又曰：「德至於地，則莫莢
> 起，秬鬯出。」知鬯為草矣。……蓋秬者，百、穀之華，鬯
> 者，百草之英，故先王煮以合。……[76]

羅願《爾雅翼》則謂：

> 秬，黑黍也。……以為酒謂之秬鬯。既芬香調暢矣，若將用，
> 則鬯人以鬯酒入鬱人，鬱人得之，築鬱金草煮之以和此酒，則
> 謂之鬱鬯……先祭未殺牲之前，……挹此酒灌地，灌地以求
> 神，謂之祼。…王齊，又以鬯酒給淬浴，所謂凡王之齊事，共
> 其秬鬯者也。……[77]

同一事物，陸氏從毛《傳》釋為「草之名」；羅氏則依鄭《注》
詁為「酒」，二氏但各是其所是，未見強而有力之佐證之說明，觀者
亦難定其從違。焦循則廣徵博引，除列舉鄭眾（司農）（？-83年）註
《周官‧鬯人》「凡王弔臨共介鬯：鬯，香草」，[78]與毛《傳》詁〈江
漢〉「秬鬯一卣」：「鬯，香草也。築煮合而鬱之曰鬯」[79]同；又指出鄭
司農注〈肆師〉「及果築鬻」：「築者，築香草煮以為鬯」；[80]注〈鬱人〉

76　《景印文淵閣四庫全書》，冊222，頁217。
77　《景印文淵閣四庫全書》，冊222，頁261。
78　《十三經注疏‧周禮注疏》，頁301。
79　《十三經注疏‧毛詩注疏》，頁687。
80　《十三經注疏‧周禮注疏》，頁296。

「……和鬱鬯」：「鬱，草名，十葉為貫，百二十貫為築，以煮之鬯中，停於祭前」，[81]係以「鬱」為草名，築煮之始名「鬯」，與毛《傳》異。而鄭玄箋「秬鬯」為「黑黍酒」[82]，則又與毛《傳》、先鄭之說不同；以見「鬯」之為物，釋者不一。為此，焦循更進一步搜出其他古籍中，有關「鬯」之詁解，綜核之、統考之，以為判析之資。如《禮記・雜記》「鬯，臼以椈，杵以梧」，[83]其中之「鬯」即「鬯」，[84]鬯既擣之以杵臼，[85]則鄭康成「鬯為酒名」之說便難成立。又如《周禮・鬯人》「大喪共鬯以沃尸」、「王齊共秬鬯以給淬浴」[86]，焦循以為「斷無以酒」浴者。又「凡王弔臨，共介鬯」，王弔喪，被鬯於身，[87]焦循質疑如「鬯為酒」，何能被之於身？然則「鬯」究為何物？焦氏爰據《水經注》引應劭《風俗記》「鬱，芬草也。百草之華煮以合釀黑黍」，[88]以及毛《傳》「築煮合而鬱之為鬯」，判「鬯」亦非草，乃「香草之鬱，擣煮合而釀成之謂之鬯」，而「所以釀之用黑黍（秬）」，故稱之為「秬鬯」。焦氏並指出後人「擣香草之屑，和以稻米，釀成香料以為佩」，實即古人製「鬯」之遺緒。而此種由鬱之香草煮釀而成之「香料」，可和酒沙之而用於祭裸；可和於水用於齋浴；亦可被掛用於王之弔唁。「鬯」雖非香草，畢竟係以「香草」為其釀製之主

81　《十三經注疏・周禮注疏》，頁299。

82　《十三經注疏・毛詩注疏》，頁687。

83　《十三經注疏・禮記注疏》，頁724。

84　阮元《禮記注疏，校刊記》「鬯」條曰：「《釋文》出鬯云：『本亦作鬯』，按鬯、鬯古通用，《爾雅・注》引此文，正作鬯。」《十三經注疏・禮記注疏》，頁732。

85　孔穎達《正義》曰：「鬯謂鬱鬯也者，臼以椈、杵以梧者，謂擣鬯所用也。」見《十三經注疏・禮記注疏》，頁724。

86　《十三經注疏・周禮注疏》，頁301。

87　《周禮・鬯人》：「凡王弔臨，共介鬯。」《注》云：「……鄭司農云：『……王行弔喪被之，故曰介。』……」（《十三經注疏・周禮注疏》，頁301）

88　《景印文淵閣四庫全書》，冊573，頁533、534。

體，故曰：「以虆為香草者，從其本也。」焦氏之說，頗能會通古籍，爬梳整理，為「秬虆」之為物做出明晰之說明。

「檜楫松舟」條：

> 《傳》：「檜，柏葉松身。」
> 循按：〈禹貢〉作「栝」。「栝」、「檜」一聲之轉。〈君子于役〉《傳》云：「佸，會也。」〈小雅〉「間關」，《傳》云：「括，會也」。《方言》：「秦晉之間曰獪，或曰姡。」……《釋名、釋兵》：「矢末曰栝。栝，會也，與弦會也。」〈士喪禮〉「以組束髮為髻」，又云「括髮以麻」。蓋「會」、「栝」皆「合」義，所以「收弁」為「會弁」；所以「收囊」為「括囊」。因而合二家之市則為儈。檜之為木，合松柏二木而得此名，故謂之檜，而通於「栝」也。樅為松葉柏身，亦取「叢聚」之義。「叢聚」猶之「會合」也。（頁286）

案：有關〈衛風、竹竿〉「檜楫松舟」之「檜」，羅願《爾雅翼》云：

> 檜一名栝。〈禹貢〉、「荊州貢杶、榦、栝、柏。」榦，柘也。栝，檜也。故檜兼有栝音。柏葉而松身，性能耐寒，其材大可為舟及棺槨。[89]

又曰：

---

89 《景印文淵閣四庫全書》，冊222，頁330、331。

樲，松葉柏身；檜，柏葉松身。從者，合異而為同，會者，聚
兩以為一。故二木合松柏之體，而取合從、胥會之義。[90]

羅氏但云「會者，聚兩以為一」，以說明「檜」之得名，係緣於「合
松柏之體」。而「檜一名栝」之原由，則以「檜兼有栝音」概之，失
於籠統。焦循則從「聲相近者義相通」之聲義關係著眼，指出「栝」、
「檜」一聲之轉，並彙蒐相關釋例，如毛《傳》「佸，會也」、[91]
「括，會也」、[92]《釋名》「栝，會也」、[93]以及〈士喪禮〉「以組束髮
為髻」[94]「括髮以麻」[95]等，闡證從「舌」、從「會」得聲者，多有
「會聚」之義，以茲說解「檜之為木，乃合松柏二木而得此名，故謂
之『栝』也。」（檜從會得聲，栝從舌得聲）較之羅說，實更精準而
中肯。

「東門之枌」條：

《傳》：「枌，白榆也。」
循按：白色之名，通作「分」聲。「粉」為鉛所成，其色白。
羊之白者名「羒」。《素問·六元政紀大論》「寒雰結為霜雪」，
王冰云：「雰音紛。寒雰，白氣也。」蓋「分」訓「別」，古讀

---

90 《景印文淵閣四庫全書》，冊222，頁331。

91 見〈王風·君子于役〉「曷其有佸」句下注。（《十三經注疏·毛詩注疏》，頁149）

92 見〈小雅·車舝〉「德音來括」句下注。（《十三經注疏·毛詩注疏》，頁484）

93 《釋名彙校》，下冊，頁375。

94 《儀禮·士喪禮》「髺用組」，鄭玄《注》：「用組，組束髮也；古文髺皆為栝。」
（《十三經注疏·儀禮注疏》，頁420）

95 《儀禮·士喪禮》「主人髺髮」，鄭玄《注》：「……〈喪服小記〉曰：『斬衰髺髮以
麻。』……古文髺作括。」（《十三經注疏·儀禮注疏》，頁426）

　　若「班」，與「白」為一音之轉。而白之於五色，亦主「分
　　別」之義也。（頁318）

　　案：〈陳風、東門之枌〉之「枌」，陸佃《埤雅》曰：

　　枌，白榆。先敷葉，後著夾。榆性扇地，所扇各與木等，故其
　　陰下五穀不植，而古之人就以息焉。……[96]

　　「白榆」之為物，陸氏但介紹其樹之質性，至若何以名為
「枌」，則未見說解。焦循則會通「粉」為白色細末、[97]「羒」為白色
之羊、[98]「雰」為白色霧氣[99]等例，說明從「分」得聲者，每有「色
白」之義，此「白榆」所以名「枌」之原由，堪補充陸氏之說。

　　「魴魚赬尾」條：

　　《傳》：「赬，赤也。魚勞則尾赤。」
　　循按：《爾雅》：「魴，魾。」「鰥，鱮。」《釋文》引《廣雅》
　　云「魾，魴」，又引《埤蒼》云「鰥鱮，魾也。」郭璞以魴、

96　《景印文淵閣四庫全書》，冊222，頁182。
97　《說文》：「粉，所以傅面者也。」（《說文解字注》，頁336）傅面為求其白，故「粉
　　白」連用成詞。
98　《說文》：「羒，牡羊也。」段《注》：「……郭曰：『謂吳羊白羝』，《廣韻》：『羒，
　　白羝羊也。』」（《說文解字注》，頁147）
99　《說文》：「氛，祥氣也。」又曰：「雰，氛或从雨。」段《注》：「按此為〈小雅〉
　　『雨雪雰雰』之字。〈月令〉『雰霧冥冥』，《釋名》：『氛，粉也。潤氣著艸木，因凍
　　則凝，色白若粉也。』皆當作此；雰與祥氣之氛各物，似不當混而一之。」（《說文
　　解字注》，頁20）任繼昉《釋名匯校》引周祖謨《校箋》曰：「《說文繫傳・氣部》
　　『雰』下引作：『潤氣著草木，遇寒而凍，色白曰雰。』」（《釋名匯校》，頁32）

魾為蝙，而鰲鯠未詳。蓋不以鰲鯠為魴魾，與張揖異。《說文》:「魴，赤尾魚。」崔豹《古今注》云:「白魚赤尾者曰魫」。馬縞《中華古今注》作「白魚赤尾曰魟」。《玉篇》魚部:「魫，肝鬼切。魚名。」「魟，呼工切，魚名。」《廣韻、一東》:「魟，白魚。」以此證之，宜作「魟」，作「魫」者，誤也。今水中有一種白魚，尾正赤，俗呼「紅僚魚」。竊謂「紅」即「魟」,「僚」即「鰲鯠」之轉聲,《古今注》「白魚赤尾」即此。而《說文》以魴即鰲鯠，鰲鯠即「魟」，故以魴為赤尾魚也。毛不云魴為何魚，而云「勞則尾赤」，是尾赤非魴之本色。蓋以魴為鯿，不以為鰲鯠也。《說苑．政理篇》云:「夫投綸錯餌，若有若無若食若不食者，魴也。其為魚也，博而味厚。」正為今之鯿魚。魴之為鯿，猶關西謂榜為篇。《荀子．議兵篇》「旁辟私曲之屬」，楊倞《注》云:「旁，偏頗也。」偏之為旁，又鯿之為魴之證。鯿魚之尾本不赤，毛以魴為鯿也。(頁255、256)

案:關於〈周南、汝墳〉「魴魚赬尾」之「魴魚」，陸佃《埤雅》曰:

魴，一名魾，此今之青鯿也。〈郊居賦〉曰「赤鯉青魴，細鱗縮項，闊腹魚之美者，蓋弱魚也。其廣方、其厚褊，故一曰魴魚，一曰鯿魚。魴，方也，鯿，褊也。[100]

羅願《爾雅翼》亦曰:

---

100 《景印文淵閣四庫全書》，冊222，頁62。

鮒，縮頭穹脊、博腹，色青白而味美，今之鯿魚也。漢水中者尤美，常以槎斷水，用禁人捕，謂之槎頭鯿。《說苑》陽畫曰：「夫投綸錯餌，……若亡若存，若食若不食者，鮒也。」其為魚也，博而厚味。……[101]

二氏皆承《爾雅》「鮒，魾」‧郭璞《注》，謂「魴」即「鯿魚」之說。[102]惟於《釋文》引《廣雅》、《埤蒼》之說，謂「鱖、鯠、魾（鮒）」為同一物，[103]而與郭《注》異，[104]則未致辨解。

焦循則先從「白魚赤尾」、晉人崔豹（？-？）《古今注》謂為「魠」，[105]、五代馬縞（？-？）《中華古今注》謂為「魟」[106]著手；取《廣韻》「魟，白魚」，[107]證馬縞之說為正，崔豹「白魚赤尾者曰魠」，「魠」當為「魟」之誤。復取俗稱「紅僚魚」之赤尾白魚之名稱加以研析，以為「紅」即「魟」之音，「僚」即「鱖鯠」之音轉，「紅僚魚」即是「魟」魚，亦即「鱖鯠」也。而毛《傳》謂「鮒魚」「魚勞則尾赤」，是「鮒魚」本非赤尾魚，[108]故謂「鮒魾」與「鱖鯠」非同一種魚。此為《廣雅》《埤蒼》（主張鮒魾、鱖鯠為一）與郭璞

101　《景印文淵閣四庫全書》，冊222，頁482、483。

102　《爾雅義疏》，下冊，頁1193。

103　《經典釋文彙校》，頁926。

104　郭璞注《爾雅》「鮒魾」云：「江東呼鮒為鯿，一名魾。」注「鱖鯠」則云：「未詳」，未視「鮒魾」「鱖鯠」為一。（《爾雅義疏》下冊，頁1193）

105　《景印文淵閣四庫全書》，冊850，頁108。

106　《景印文淵閣四庫全書》，冊850，頁139。

107　蔡夢麒：《廣韻校釋》（長沙市：岳麓書社，2007年），上冊，頁16。

108　許慎《說文解字》「鮒」篆下云：「赤尾魚也。」段《注》駁之曰：「〈周南〉曰：『鮒魚赬尾』，《傳》曰：『魚勞則尾赤』，按此《傳》當有『鮒魚也』三字；以『鮒勞赤尾』與『如焜』，非謂鮒必赤尾也。《左傳》『如魚竀尾，衡流而方羊』，亦謂其困頓。許以『赤尾魚』釋鮒，殆失之。」（《說文解字注》，頁582-583）

《注》（不以鰶鰊為魴鱮）之差異作出了觀察與說解。

　　焦氏又取《說文》「關西謂榜為篇」之方語，[109]以及《荀子、議兵篇》「旁辟私曲之屬」，楊倞《注》云：「旁，偏頗也。」[110]佐證貞定郭璞「以魴為鯿」之說；較之陸、羅二氏但引用郭《注》，更有功於郭《注》。

二　《傳》、《箋》、《正義》之比較省察

　　對於毛《傳》、鄭《箋》、《正義》於《詩》之注疏之省察，堪稱本書之主體部分。

　　總體而論，焦循推崇毛《傳》、幾全盤接受毛《傳》之解，並析闡補充其說，以茲比對鄭《箋》、《正義》之說，論其是非從違。茲例述如下：

（一）推崇毛《傳》之說

如「施于中谷」條：

> 《傳》：「興也。施，移也。」《箋》云：「興者，葛延蔓于谷中，喻女在父母家，形體浸浸日長大也。」
> 循按：《傳》訓「施」為「移」，故王肅推之云：「葛生于此，延蔓于彼，猶女之當外成也。」與《箋》較之，肅義為長。
> 《正義》合鄭于毛云：「下句『黃鳥于飛』：喻女當嫁。若此句

109　《說文》：「篇，書也。一曰關西謂榜，篇。」段《注》：「關西謂之篇，則同扁。」（《說文解字注》，頁192）

110　戰國・荀況撰、王天海校釋：《荀子校釋》（上海：上海古籍出版社，2005年）下冊，頁642。

亦喻外成，於文為重。毛意必不然。」竊謂此詩之興，正在於
「重」。『葛之覃兮，施于中谷』與『黃鳥于飛，集于灌木』同
興女之嫁。葛移于中谷，其葉萋萋，興女嫁于夫家而茂盛也。
鳥集于灌木，其鳴喈喈，興女嫁于夫家而和聲遠聞也。盛由於
和，其意似疊而實變化，誦之氣穆而神遠。《箋》以中谷為
「父母家」，以延蔓為「形體浸浸日長大」，迂矣。毛《傳》言
簡而意長，耐人探索，非鄭所能及。（頁246、247）

　　案：本條見〈周南・葛覃〉。焦氏於毛《傳》之解詁別有體會，
以為《傳》之詁，字面似簡，內蘊實深，當深思而「探索」之，方能
得其要旨。本條中毛《傳》「施，移也」之「延蔓」之義，焦循認為
當如王肅所推闡，乃喻「女之外成」[111]，並進而申述，謂此「外成」
之喻，實兼「葛之覃兮，施于中谷」與其下之「黃鳥于飛，集于灌
木」，而有雙重之寓意；前者「興女嫁於夫家而茂盛也」，後者「興女
嫁于夫家而和聲遠聞」，而家「盛」正緣於家「和」。以此，故不然鄭
《箋》之釋，僅拘於「喻女在父母家形體浸浸日長大」[112]，而責之為
「迂」；而于《正義》「下句『黃鳥于飛，集于灌木』喻女當嫁，若此
句亦喻外成，於文為重」[113]之說，則批其知一而不知二，不知「此詩
之興，正在於『重』」、「其意似疊而實變化」。
　　「蓼蓼者莪，匪莪伊蒿」條：

　　　《傳》：「興也。蓼蓼，長大貌。」《箋》云：「喻憂思，雖在役
　　　中，心不精識其事。」

111　《十三經注疏・毛詩注疏》，頁30。
112　《十三經注疏・毛詩注疏》，頁30。
113　《十三經注疏・毛詩注疏》，頁30。

循按：毛之義每寓訓詁中。其言雖略，尋之可得。此訓「蓼
蓼」為「長大」，若曰「父母生之使長大者子也。今則不能終
養，匪子也，而他人矣。」（頁344）

案：本條見〈小雅・蓼莪〉。此亦稱許《傳》之說解「言簡而意
賅」。區區「長大貌」之三字，焦循則從中繹尋補充為二十餘字，進
而闡發出「蓼蓼者莪，匪莪伊蒿」起興之意涵；以為《傳》之義，蓋
謂詩取「莪」、「蒿」相對比，以喻（莪）長大不能奉養，轉若無相干
之他人（蒿）矣。

「顛沛之揭」條：

《傳》：「顛，仆。沛，拔。揭，見根貌。」
循按：《論語・里仁》「顛沛必於是」，馬曰：「顛沛，僵仆
也。」「僵仆」猶「仆拔」也。沛訓為拔者，《周禮・大司馬・
注》云：「茇，讀如萊沛之沛。」《易・豐》「九三，豐其沛」，
《釋文》云：「子夏作芾。鄭康成、干寶以為祭祀之蔽膝。」
芾即韍。沛之為拔，猶沛之為茇、韍也。推之，「韍」通作
芾。《詩・桑柔》「自有肺腸」，《釋文》云：「肺，本作
『胇』。」《白虎通・性情篇》云：「肺之言費也。」肺之為
費，為胇，猶韍之為芾又為韍。而韍本作市。……而〈商頌〉
「武王載旆」，《荀子・議兵篇》引作「載發」。衛・公叔發，
《禮記・檀弓・注》云：「亦名拔。」《說文》：「茇，春草根
枯，引之而發土為撥，故謂之茇。」「茇」之為「發」，猶
「拔」之為「發」，而「旆」亦與「發」通假，則「旆」亦通
「拔」。「旆」通「拔」，亦「沛」通「拔」也。「揭為褰裳之
名，自腰以下揭其裳而露之。樹之根見，猶人足見，《傳》訓

之精者也。〈小雅〉「西柄之揭」，以此推之，斗之露柄，猶樹之露根耳。（頁365、366）

　　本條見〈大雅・蕩〉。焦循於毛《傳》「顛，仆。沛，拔。揭，見根貌」之詁，先取《論語》「顛沛必於是」、馬融（？-？）《注》「顛沛，僵仆也」[114]為證。進而闡明「沛訓為拔」之因，係由於「音相同者可通假」（《周禮・大司馬・注》云：「茷，讀如萊沛之沛。」[115]）；更取《易・豐》「豐其沛」，「沛」之異文作「茚」，「茚」即黻，[116]以及〈商頌〉「武王載斾」[117]，《荀子・議兵篇》引作「載發」[118]等用例，陳明從「市」，從「犮」得聲，或與之相近者（如「發」，古為雙唇）可相通以證成之（故曰：「斾」與「發」通假、則「斾」亦通「拔」；「斾」通「拔」，亦「沛」通「拔」也）。至若《傳》訓「揭，見根貌」，則因「揭」為「褰裳」義[119]，淺則揭，深則厲，樹之仆拔則「根見」，猶人之褰裳而足見。如此詁解，故焦氏讚之曰「訓之精者也」。

（二）《箋》解申明《傳》義

　　如「不可讀也」條：

　　　　《傳》：「讀，抽也。」《箋》云：「抽，猶出也。」

114　《十三經注疏・論語注疏》，頁36。

115　《十三經注疏・周禮注疏》，頁443。

116　《經典釋文彙校》，頁55。

117　《十三經注疏・毛詩注疏》，頁803。

118　〔清〕王先謙：《荀子集解》（北京市：中華書局，1988年），下冊，頁269、270。

119　《十三經注疏・毛詩注疏》頁87。

循按：顏師古《匡謬正俗》云：「讀，止為道讀之讀，更訓為抽，翻成難曉。按《說文解字》曰：『籀，讀也。^{今《說文》作}^{「讀書」也。}從竹，榴聲。』『榴』即古『抽』字，是以『籀』或作『箍』。蓋毛公以『籀』解『讀』，《傳》寫字省，故止為『抽』。此當言『讀，籀也』，不得為『抽引』之義。」以上顏氏說，是矣。乃「籀」之義即同於「抽」。《說文》：「讀，誦書也。」讀之為講，^{《初學記》}_{引《廣雅》。}猶瀆之為溝。《風俗通》云：「瀆，通也，所以通中國垢濁。」《說文》：「涌，滕也。」《廣雅》：「涌，出也。」讀之為誦，亦猶溝瀆之為通，通亦涌也。「讀」、「講」、「誦」三字取於引申通達，故其義為「抽」。始云「不可道」，次云「不可詳」，終云「不可讀」。道而詳，詳而讀。若讀仍是道，非其序矣。「讀」謂「發明而演出之」，故《箋》以「出」申毛耳。（頁275）

案：本條見〈鄘風，牆有茨〉。焦循先取顏師古（581-645）《匡謬正俗》之說，謂「抽」乃《說文》「籀，讀也（今本《說文》作「讀書[120]」）」之「籀」之省體，「抽」即「籀」也[121]，「籀」即「讀」，以明毛《傳》訓「讀」為「抽」之因。復從《說文》「讀之為誦[122]」，《廣雅》「讀之為講」，[123]《論語》「瀆之為溝[124]」，《風俗通

120　《說文解字注》頁192。

121　《景印文淵閣四庫全書·匡謬正俗》冊221，頁477、478。惟劉曉東《匡謬正俗平議》謂：「『抽』即『讀』也，不必為『籀』、『箍』之省文也。《說文》：『籀，讀書也。』……又作『抽』，《方言》一三：『抽，讀也。』」〔氏著《匡謬正俗平議》（濟南市：山東大學出版社，1999年）頁12〕

122　《說文解字注》，頁91。

123　《初學記》引《廣雅》言。《景印文淵閣四庫全書·初學記》，冊890，頁338。

124　《十三經注疏·論語注疏》，頁127。

義》「瀆之為通」，[125]《廣雅》「涌之為出」[126]之音義對較，展轉相訓，說明《箋》「抽，猶出也」，實申毛《傳》。

「委蛇委蛇」條：

> 《傳》：「委蛇，行可從迹也。」《箋》云：「委蛇，委曲自得之貌。」
> 循按：〈君子偕老〉《傳》云：「委委者，行可委曲從迹也。」《箋》「委曲」二字，正取毛彼《傳》以解此《傳》「從迹」二字。（頁260、261）

案：本條見〈召南·羔羊〉。焦循取〈鄘風·君子偕老〉「委委」之《傳》詁「行可委曲從迹」[127]與〈召南·羔羊〉「委蛇」《傳》詁「行可從迹」[128]相比對，以明《箋》「委曲自得」正申解《傳》「從迹」之義。

「遭家不造」條：

> 《傳》：「造，為。」《箋》云：「造，猶成也。」
> 循按：《淮南子·天文訓》「介蟲不為」，高誘《注》云：「不成為介蟲也。」是「不為」即「不成」。《箋》申毛義。（頁370、371）

案：本條見〈周頌·閔予小子〉。焦循取《淮南子·天文訓》「介

125　《景印文淵閣四庫全書·風俗通義》，冊862，頁410。
126　《廣雅詁林》，頁107。
127　《十三經注疏·毛詩注疏》，頁111。
128　《十三經注疏·毛詩注疏》，頁57。

蟲不為」高誘《注》「不為」即「不成為」，[129]證「為」與「成」義相俟，故謂《箋》之「造，猶成也」乃申《傳》之「造，為」也。

「自大伯王季」條：

> 《傳》：「從大伯之見王季也。」《箋》云：「是乃自大伯王季時則然矣。大伯讓於王季而文王起。」
>
> 循按：經文兼言大伯王季，下專言「維此王季」，故《傳》言「從大伯之見王季」。「從」字解「自」字，「見」猶「顯」也。大伯不讓王季，王季無以顯，乃王季因大伯之讓而顯，大伯之讓亦由王季而顯。《箋》於「則篤其慶，載錫之光」，謂王季「厚明大伯之功美，始使之顯著」，正與此《傳》「見王季」相發明。毛補詩人所未言，《箋》表毛《傳》所未言，故平列「大伯王季時則然」以完詩平列之語氣，申言大伯讓王季而文王起，以明毛《傳》「大伯顯王季」之義，下暢言王季顯著大伯，以完詩專言王季之語氣，而實與毛《傳》對針互發。（頁356）

案：本條見〈大雅・皇矣〉。詩云：「帝作邦作對，自大伯、王季。」繼而特言王季之德與為君治國之績，所謂「維此王季，因心則友，則友其兄，則篤其慶，載錫之光。……維此王季……其德克明。克明克類，克長克君。王此大邦，克順克比。……」[130]焦循以為，毛公據此上下義脈，體認「自太伯王季」句，作者有深義寓焉，即推崇大伯廓然大公之讓位與王季。[131]蓋大伯不讓王季，王季才德，無以

---

129 張雙棣：《淮南子校釋》（北京市：北京大學出版社，1997年），上冊，頁330。

130 《十三經注疏・毛詩注疏》，頁569、570。

131 子曰：「泰伯其可謂至德也已矣。三以天下讓，民無得而稱焉。」（《十三經注疏・論語注疏》頁70）

顯；亦緣王季得位，治國有方，遂為文王之起奠定丕基，此亦彰顯大伯讓賢之偉大，故《傳》之詁，特加「大伯之見王季」之「見」字；見者，顯也，以「補詩人所未言」；《箋》云：「大伯讓於王季而文王起」，且注「則篤其慶，載錫之光」，謂王季「厚明大伯之功美，始使之顯著」，[132]一則明毛《傳》「大伯顯王季之義」，一則補言「王季顯著大伯」之功，故能與毛《傳》「對針互發」。

「甘心首疾」條：

> 《傳》：「甘，厭也。」《箋》云：「我念思伯，心不能已，如人心嗜欲所貪口味，不能絕也。」
> 循按：厭之訓為飽為滿。首疾，人所不滿也。思之至於首疾，而亦不以為苦，不以為悔，若如是思之而始滿意者，此毛義也。甘心至首疾而不悔，則思之不能已可知。雖首疾而心亦甘，則其思之如貪口味可知，鄭申毛，非易毛也。（頁288）

案：本條見〈衞風‧伯兮〉。「甘心首疾」之「甘」，毛《傳》以本字釋之為「厭」，為飽足、滿足意，[133]人因思念而致首疾（頭痛），仍心甘情願，其不能已、不願已可知。《箋》云「如人心嗜欲所貪口味」，以生理嗜欲之不能絕比況心理思念之不能已，故焦循以為「鄭申毛」、「非易毛也」。

「必告父母」條：

> 《傳》：「必告父母廟。」《箋》云：「取妻之禮，議於生者，卜於死者。此之謂告。」

---

132 《十三經注疏‧毛詩注疏》，頁569。
133 《說文解字注》，頁204。

循按：經言「父母」，《傳》言「廟」者，以惠公仲子俱歿，桓
娶文姜，無父母可告，故以為告廟耳。《箋》言「生」、「死」，
則廣其所未言也。（頁301、302）

案：此條見〈齊風・南山〉。焦循謂「必告父母」，《傳》釋「必
告父母廟」[134]，蓋以「桓娶文姜，父母皆歿，僅能祭告於廟」，此就
事實言。《箋》云：「議於生者，卜於死者，此謂之告」[135]，係述「娶
妻之禮」，故曰「《箋》言生死，廣其所未言也」。

（三）《箋》說愈於《傳》義

《毛詩補疏》中，焦循謂鄭《箋》之解有優於《傳》詁者。如
「抱衾與裯」條：

《傳》：「裯，禪被也。」《箋》云：「裯，牀帳也。」
循按：「裯」音通於「幬」，字從「周」，周為匝義。又裯之為
帳，猶惆之為悵。《箋》易傳為長。（頁261）

案：本條見〈召南・小星〉。焦循從音之關係，謂「裯」與
「幬」音近而相通，[136]《爾雅・釋訓》「幬謂之帳」，[137]而「裯」之為
「帳」，猶「惆」之為「悵」，故以《箋》「裯、牀帳」[138]之詁，優於
《傳》之「裯，禪被也。」[139]

134　《十三經注疏・毛詩注疏》，頁196。
135　《十三經注疏・毛詩注疏》，頁196。
136　《經典釋文》曰：「幬本或作惆。」（《經典釋文彙校》，頁863）
137　《爾雅義疏》上冊，頁426。
138　《十三經注疏・毛詩注疏》，頁64。
139　《十三經注疏・毛詩注疏》，頁64。

「子寧不嗣音」條：

> 《傳》：「嗣，習也。古者教以《詩》樂，誦之歌之，絃之舞
> 之。」《箋》云：「嗣，續也。女曾不傳聲問我以恩，責其忘
> 己。」
> 循按：以「嗣音」為「習音」，不免拘戾，非詩人之旨，《箋》
> 故易之也。（頁298）

案：本條見〈鄭風·子衿〉。首章曰：「青青子衿，悠悠我心，縱
我不往，子寧不嗣音」，[140]詩末則云「挑兮達兮，在城闕兮。一日不
見，如三月兮」，[141]相應於「悠悠我心」以及「一日不見，如三月兮」，
詩意甚明，當述「思念」之意，故焦循謂《傳》以「習音」釋「嗣
音」[142]為「拘戾」，非詩人之旨；《箋》易之，訓「嗣」為「續」[143]，
「不續傳音問，責其忘己」，方副詩旨。

（四）《箋》義不洽《傳》義

《毛詩補疏》中，焦循多認同《傳》詁，相較於毛《傳》，焦循
指出《箋》說與《傳》詁不協者甚夥。如「我馬虺隤。我姑酌彼金
罍」條：

> 《箋》云：「我，我使臣也。我，我君也。」
> 循按：《傳》不解「我」字，以「我」字無庸解。且兩我字緊

---

140 《十三經注疏·毛詩注疏》，頁179。
141 《十三經注疏·毛詩注疏》，頁180。
142 《十三經注疏·毛詩注疏》，頁179。
143 《十三經注疏·毛詩注疏》，頁179。

相貫，而謂「我臣」、「我君」，非《傳》義。

　　案：本條見〈周南‧卷耳〉。焦循從句法觀之，謂「我馬」、「我姑酌」兩「我」字相貫，均為第一人稱，亦毋庸解；而《箋》分指「我臣」、「我君」[144]，顯有不妥，非《傳》義。

　　「妥居妥處」條：

> 《傳》：「有不還者。」《箋》云：「不還，謂死也、傷也、病也。」
> 循按：《傳》以「不還」解「爰居爰處」句也，言居處於彼而不得還。（頁265）。

　　案：本條見〈邶風‧擊鼓〉。「爰居爰處」之「爰」，乃「於焉」之合音，猶「於是」也。[145]焦循謂毛《傳》以「不還」解「爰居爰處」（於彼居處），《箋》以「死、傷、病」釋「不還」，與毛義不協。

　　「招招舟子，人涉卬否」條：

> 《傳》：「招招，號召之貌。舟子，舟人主濟渡者。」《箋》云：「舟人之子，號召當渡者。人皆從之而渡，我獨否。」
> 循按：此《傳》與《箋》迥異。首章《傳》云「由膝以上為涉」。此章「涉」字與首章同，涉則不待舟也。「招招舟子」乃我號召舟子，所以人不待舟而涉，我則待舟而不涉也。下二句《傳》云「人皆涉，我友未至，我獨待之而不涉，以言室家之

144　《十三經注疏‧毛詩注疏》頁33。

145　裴學海：《古書虛字集釋》（臺北市：廣文書局，1962年），頁145。朱子解「爰居爰
　　處」便為「於是居、於是處」（《景印文淵閣四庫全書‧詩經集傳》，冊72，頁761）

道，非得所適，貞女不行；非得禮義，昏姻不成」。是明以
「涉」為非禮，待身為得禮也。《箋》解「招招舟子」為「舟
子號召當渡者」，而以人涉為「應舟子之招而渡」，是以「涉」
為乘舟矣，與毛義異。（頁266、267）

案：本條見〈邶風・匏有苦葉〉。焦循據首章「匏有苦葉，濟有
深涉」，《傳》云「由膝以上為涉」，[146]以及末二句「人涉卬否，卬須
我友」，《傳》云「人皆涉，我友未至，我獨待之而不涉，以言室家之
道，非得所適，貞女不行；非得禮義，昏姻不成」，[147]謂此章「涉」
字亦當與首章同，當解為「涉水（而過）」、涉則不待舟、涉則非於
禮。以此，「招招舟子」，《傳》意當指「我號召舟子，待舟而不涉，
人則不待舟而涉矣」。故《箋》云「舟人之子，號召當渡者。人皆從
之而渡，我獨否」，[148]迥非《傳》義。

「湜湜其沚」條：

《傳》：「涇渭相入而清濁異。」《箋》云：「湜湜，持正貌。」
循按：《說文》：「湜，水清見底。」《傳》言「清濁異」。以
「湜湜」為「清」也，無「持正」義。（頁269、270）

案：本條見〈邶風・谷風〉。焦循取《說文》「湜，水清見底」[149]
與《傳》「涇渭相入而清濁異」[150]對較，謂《傳》言「清濁異」，正以

146 《十三經注疏・毛詩注疏》，頁87。
147 《十三經注疏・毛詩注疏》，頁89。
148 《十三經注疏・毛詩注疏》，頁89。
149 《說文解字注》，頁555。
150 《十三經注疏・毛詩注疏》，頁90。

「湜湜其沚」之「湜湜」為「清」義。故《箋》云「湜湜，持正貌」、非《傳》義。

又如「有懷于衞，靡日不思」條：

> 《箋》云：「懷，至也。」
> 循按：《傳》不訓「懷」字義，以懷為「思」耳。有思于衞，靡日不思。訓懷為「至」，轉不達矣。（頁272）

案：本條見〈邶風・泉水〉。焦循以為「有懷于衞」與下句「靡日不思」義相應，「懷」當詁以常義，懷即「思」，故《傳》未訓「懷」之字義，而《箋》訓「懷」為「至」，[151]義反失於通達。

「尚無為」條：

> 《傳》：「尚無成人為也。」《箋》云：「言我幼稚之時，庶幾於無所為，謂軍役之事也。」
> 循按：「為」之訓通於「用」，見〈郊特牲・注〉。「為」之文通於「偽」。見〈秦風・采苓・正義〉。下「尚無造」《傳》云：「造，為也。」「尚無庸」《傳》云：「庸，用也。」「為」「造」「庸」三字義通。蓋謂其時風俗人心，尚無詐偽自用之事成人為者。《荀子》云「可事而成之在人者謂之偽。」毛公承荀子之學，當即本其說以為之說。「成人為」者，言人所作為而成之者也。鄭以為軍役之事。「為」之訓亦通於「役」，見〈表記・注〉。故以「軍役」解「為」字，然與毛義殊矣。（頁291、292）

案：本條見〈王風・兔爰〉。《傳》詁之為「尚無成人為」，[152]焦循謂《傳》「成人為」乃承《荀子》之「偽」，指「人為之虛偽自用之事」，而鄭《箋》訓《傳》之「成人為」則「成人」連讀，與「童稚」對言，解為「成人之作為（謂軍役之事）」，[153]故與毛義相殊。

「有敦瓜苦，烝在栗薪」條：

> 《傳》：「敦猶專專也。烝，眾也。言我心苦事又苦也。」《箋》云：「瓜之瓣有苦者，以喻其心苦也。烝，塵。栗，析也。言君子又久見使析薪，於事尤苦也。古者聲栗、裂同也。」
> 循按：以栗為析，《箋》易《傳》也。瓜之苦喻心苦。「烝在栗薪」何以喻事苦？《釋文》引《韓詩》作「蓼」，「蓼」即「蓼」字。〈周頌〉「予又集于蓼」，毛《傳》云：「言辛苦也。」「蓼」為辛苦之菜，而瓜繫於其上，故喻心苦事又苦。心苦謂瓜瓣之苦，事苦謂「集於蓼」之苦。毛本當作「烝在蓼薪」，與《韓詩》同。鄭所見本已作「栗」，遂讀為「裂」。以「析薪」為實指所苦之事，失毛義。（頁320）

案：本條見〈豳風・東山〉。「烝在栗薪」，《箋》視「栗」為「析」之通假，訓為「君子又久見使析薪」。[154]焦循取《釋文》引《韓詩》作「蓼」[155]（蓼即蓼字）之異文，以及〈周頌・小毖〉「予又集于蓼」，毛《傳》云「言辛苦也」[156]（蓋蓼為辛苦之菜，以之取

---

152 《十三經注疏・毛詩注疏》，頁152。
153 《十三經注疏・毛詩注疏》，頁152。
154 《十三經注疏・毛詩注疏》，頁296。
155 《十三經注疏・毛詩注疏》，頁296。
156 《十三經注疏・毛詩注疏》，頁746。

譬），斷毛本原文當作「烝在蓼薪」，與《韓詩》同。而鄭玄所見本已作「栗」（栗、蓼聲近），而又訓「栗」為「裂」（析）義，故謂《箋》解失毛義。

「俾爾戩穀，罄無不宜，受天百祿。降爾遐福，維日不足」條：

> 《傳》：「戩，福。穀，祿。罄，盡也。」《箋》云：「天使女所福祿之人，謂群臣也。遐，遠也。天又下予女以廣遠之福，使天下溥蒙之。」
> 循按：「俾爾戩穀」直謂「予爾福祿」；「降爾遐福」直謂「予爾遠福」，不必增出「臣民」，《箋》義非《傳》有也。（頁326、327）

案：本條見〈小雅・天保〉。詩乃承〈鹿鳴〉，為臣工祝頌君王之辭。[157]焦循就文辭味之，謂「俾爾戩穀」、「降爾遐福」句義直截易曉，直謂「予爾福祿」、「予爾遠福」也；而《箋》解增出「群臣」、「天下（黎民）」，[158]非《傳》義所有。

「我出我車」條：

> 《箋》云：「上『我』，我殷王也。下『我』，將帥自謂也。」
> 循按：鄭氏不明屬文之法，每於「我」字破碎解之，若一「我」殷王，一「我」將帥，豈復詩人之旨？《傳》不然也。
> （頁327）

---

157 《序》曰：「〈天保〉，下報上也。君能下下以成其政，臣能歸美以報其上焉。」（《十三經注疏・毛詩注疏》頁330）

158 《十三經注疏・毛詩注疏》，頁330。

案：本條見〈小雅・出車〉。焦循從文法論之，謂「我出我車」，
二我實一我也。而《箋》解為「我殷王」及「我將帥」[159]，故曰「鄭
氏不明屬文之法」、「《傳》不然也」。

「今者不樂，逝者其耋」條：

> 《傳》：「耋，老也。八十曰耋。」《箋》云：「今者不於此君之
> 朝自樂，謂仕焉。而去仕他國，其徒自使老。」
> 循按：秦仲有車馬禮樂之盛，秦人極言其樂耳。逝謂年歲之
> 逝，言時易去而老也。以樂為仕，以逝為去國，此鄭之說也，
> 非毛義也。（頁308）

案：本條見〈秦風・車鄰〉。焦循從詩旨乃秦人讚頌秦仲有車馬
禮樂之樂，[160]復從毛《傳》「耋，老也。八十曰耋」，[161]知毛《傳》
「逝者其耋」之「逝」當指「年歲」之逝；故謂鄭《箋》「以樂為
仕，以逝為去國」，[162]非毛義。

「具曰予聖，誰知烏之雌雄」條：

> 《傳》：「君臣俱自謂聖也。」《箋》云：「時君臣賢愚適同，如
> 烏雌雄相似，誰能別異之乎？」
> 循按：「誰」字與「具」字相承。君臣俱自謂「予聖」，聖則通
> 矣。究竟烏之雌雄誰能知之。《箋》以烏比君臣，恐非毛義。
> （頁338）

---

159 《十三經注疏・毛詩注疏》，頁338。
160 《十三經注疏・毛詩注疏》，頁233。
161 《十三經注疏・毛詩注疏》，頁234。
162 《十三經注疏・毛詩注疏》，頁234。

　　案：本條見〈小雅・正月〉。焦循據毛《傳》釋「具曰予聖」為「君臣俱自謂聖」，[163]以及上下句中「具」與「誰」詞義之相承相應，斷《傳》義當以「烏之雌雄」為君臣所不能辨者之受詞，而非若《箋》云「君臣賢愚適同，如烏雌雄相似」，[164]係以「烏之雌雄」為「喻依」。

　　「維邇言是聽，維邇言是爭」條：

　　　　《傳》：「邇，近也。爭為近言。」
　　　　循按：《傳》言「爭為近言」，則非爭辯言之異己者也。蓋上「惟邇言是聽」，則下爭為邇言以誘之。言邇則無遠圖，故如道謀而不遂於成也。（頁343）

　　案：本條見〈小雅・小旻〉。《箋》解之曰：「聽順己言之同者，爭言之異者。」[165]焦循據「維邇言是聽，維邇言是爭」之上下義脈，及《傳》「爭為近言」之詁，[166]謂「邇言是爭」當如《傳》詁，為「屬下爭為邇言以阿諛上」，《箋》「爭辯言之異己者」非也。

　　「蓼蓼者莪，匪莪伊蒿」條：

　　　　《傳》：「興也。蓼蓼，長大貌。」《箋》云：「喻憂思。雖在役中，心不精識其事。」
　　　　循按：毛之義每寓訓詁中。其言雖略，尋之可得。此訓蓼蓼為「長大」，若曰父母生之使長大者，子也。今則不能終養，匪

163　《十三經注疏・毛詩注疏》，頁399。
164　《十三經注疏・毛詩注疏》，頁399。
165　《十三經注疏・毛詩注疏》，頁413。
166　《十三經注疏・毛詩注疏》，頁413。

子也,而他人矣。「視莪而以為蒿」,《傳》義不如是。(頁
344)

　　案:本條見〈小雅·蓼莪〉。焦循據《傳》詁「蓼蓼,長大
貌」,[167]推繹「蓼蓼者莪,匪莪伊蒿」,毛義當指「父母辛苦育子,使
之長大;子不能反哺終養,則匪子也,他人矣」,非《箋》所說「心
不精識其事」[168]—視莪而以為蒿。

　　「楚楚者茨,言抽其棘」條:

　　　《傳》:「楚楚,茨棘貌。抽,除也。」《箋》云:「茨,蒺藜
　　　也。伐除蒺藜與棘。茨言楚楚,棘言抽,互辭也。」
　　　循按:毛言「茨棘貌」,即謂茨之棘也。《方言》:「凡草木刺
　　　人,江湘之間謂之棘。」然則棘為有束者之通名。此棘則茨之
　　　棘也。《箋》以茨與棘為兩物,於經文「其」字為不達。

　　案:本條見〈小雅·楚茨〉。焦循據毛《傳》「楚楚,茨棘貌」、[169]
《方言》「凡草木刺人,江湘之間謂之棘」[170](棘為有刺者之通名),
以及下文「言抽其棘」之其,謂《箋》將「茨」與「棘」分為二
物,[171]非《傳》「棘」即「茨之棘」之義。

　　「無遏爾躬」條:

167　《十三經注疏·毛詩注疏》,頁436。
168　《十三經注疏·毛詩注疏》,頁436。
169　《十三經注疏·毛詩注疏》,頁454。
170　《景印文淵閣四庫全書·方言》,冊221,頁300。
171　《十三經注疏·毛詩注疏》,頁454。

《傳》：「遏，止。」《箋》云：「當使子孫長行之，無終汝身則
止。」
循按：《傳》訓遏為止，謂修德不已耳，止則不宣昭矣。《箋》
非《傳》義。（頁347）

案：本條見〈大雅・文王〉。焦循謂「遏」之義，《傳》、《箋》雖
同訓「止」，然《箋》義指「天命無終汝身則止」，[172]與《傳》義「修
德不已」異。

「柞棫拔矣，行道兌矣」條：

《傳》：「兌，成蹊也。」《箋》云：「今以柞棫生柯葉之時，使
大夫將師旅出聘問，其行道士眾兌然，不有征伐之意。」
循按：毛《傳》謂本無道路，至此柞棫拔去，而下已成蹊。
《皇矣》三章「柞棫斯拔，松柏斯兌」，《傳》云：「兌，易直
也。」「柞棫拔矣」與「柞棫斯拔」同。惟「兌」字一屬行
道，一屬松柏，故《傳》互發明之。「兌」與「銳」古通。道
有柞棫則塞，塞則猶夫鈍也。柞棫拔去則通，通則猶夫銳也。
松柏錯於柞棫之中，柞棫去而松柏喬立，是為「易直」。行道
通，不煩迂曲艱險，亦「易直」也。商頌「松柏丸丸」，《傳》
亦以「易直」訓之。「丸丸」猶「桓桓」。其松柏特立，不與他
木相雜，惟其「丸丸」乃見其銳。「丸」之義為「專」為
「完」，專則銳，銳則易直。「乾」，其靜也專，其動也直，其
義一也。《箋》「兌然」，《釋文》作「脫然」云：「一本作
『兌』。」此與「成蹊」義異。（頁353、354）

172 《十三經注疏・毛詩注疏》，頁537。

案：本條見〈大雅・緜〉。焦循謂《傳》訓「行道兌矣」之「兌」為「成蹊」[173]，乃扣緊「行道」而言（本無道路，至此柞棫拔去，下則成蹊），而「兌」「銳」古相通，[174]「銳」有「易直」之意，並舉〈皇矣〉「柞棫斯拔，松柏斯兌」、《傳》云「兌，易直也」相證。蓋就〈皇矣〉詩言之，與松柏混雜之柞棫拔除後，松柏益顯挺立，故《傳》以「易直」訓之；就〈緜〉詩而言，柞棫拔除後，障礙清除，路徑呈現，相較於原本之柞棫橫生，亦堪稱「易直」，《傳》遂以「成蹊」釋「兌」（銳），以與「行道」相應。而《箋》以「柞棫拔然生柯葉」詁「柞棫斯拔」，[175]顯然不以「拔」為「拔除」；又訓「行道兌矣」為「行道士眾兌然」，[176]以「兌然」為「士眾」之「兌然」，非「行道」之「兌然」，故迥異於毛《傳》。

（五）《箋》說迂曲

《毛詩補疏》中，《箋》之解說，焦循甚至以「迂曲」之嚴厲口吻重責之。如「我心匪鑒，不可以茹」條：

> 《傳》：「鑒所以察形也。茹，度也。」《箋》云：「鑒之察形，但知方圓白黑，不能度其真偽。我心匪如是鑒。我於眾人之善惡外內，心度知之。」
> 循按：茹即謂察形。鑒可茹，我心匪鑒，故不可茹。如可察形，則知兄弟之不可據，而不致逢彼之怒矣。《箋》迂曲，非《傳》義。（頁262、263）

---

173 《十三經注疏・毛詩注疏》，頁550。
174 馮其庸、鄧安生纂著：《通假字彙釋》（北京市：北京大學出版社，2006年），頁112，「兌」字條。
175 《十三經注疏・毛詩注疏》，頁550。
176 《十三經注疏・毛詩注疏》，頁550。

　　案：本條見〈邶風・柏舟〉。《傳》訓「茹」為「度」，[177]焦循承《傳》說，以為「茹，度也」指的即是「鑒所以察形」[178]之「察形」。且就「我心匪鑒，不可以茹」之語法觀之，「不可以茹」之主語當為「我心」，故曰「鑒可茹，我心非鑒，故不可茹」；而《箋》云：「我心匪如是鑒，我於眾人之善惡外內，心度知之。」[179]顯與原句文義相舛，故焦氏批曰「箋迂曲」。

　　「差池其羽」條：

> 《箋》云：「興戴媯將歸，顧視其衣服。」
> 循按：《左氏・襄二十二年傳》云「譬諸草木，吾臭味也，而何敢差池」，杜預《注》云：「差池，不齊一。」《左傳》之「差池」即此詩之「差池」。下章《傳》云「飛而上曰頡，飛而下曰頏」，「飛而上曰上音，飛而下曰下音」，即差池不齊也。蓋莊姜送歸妾，一去一留，有似於燕燕之差池上下者。《箋》言「顧視衣服」，其說已迂。至解「上下其音」謂「戴媯將歸，言語感激，聲有大小」，則益迂矣。（頁264）

　　案：本條見〈邶風・燕燕〉。焦循取《左傳・襄二十二年》「何敢差池」、杜預《注》「差池，不齊一」，[180]與〈燕燕〉詩二章「頡之頏之」《傳》「飛而上曰頡，飛而下曰頏」、[181]三章「上下其音」《傳》「飛而上曰上音，飛而下曰下音」[182]相比，謂「差池其羽」之「差

177　《十三經注疏・毛詩注疏》，頁74。
178　《十三經注疏・毛詩注疏》，頁74。
179　《十三經注疏・毛詩注疏》，頁74。
180　《十三經注疏・左傳注疏》，頁598。
181　《十三經注疏・毛詩注疏》，頁77。
182　《十三經注疏・毛詩注疏》，頁78。

池」，即杜《注》之「不齊一」，蓋以燕飛之上下差池不齊，譬況莊姜送歸妾，一去一留，際遇之差池不一。故謂《箋》以「顧視衣服」、「聲有大小」解「差池其羽」、「上下其音」[183]甚迂曲。

「政事一埤益我」條：

> 《傳》：「埤，厚也。」《箋》云：「有賦稅之事，則減彼一而以益我。」
> 循按：《傳》不解「一」字。一即「專一」之義，言有政事則專厚益我，猶《孟子》所謂「我獨賢勞」也。鄭義迂曲，非毛義。（頁273）

案：本條見〈邶風・北門〉。毛《傳》訓「埤」為「厚」，[184]焦循謂「一」為「專一」，故「政事一埤益我」即「政事專厚益我」（有政事皆加於我），亦即《孟子》「我獨賢勞[185]（多勞）」之意；而《箋》則將「政事」訓為「賦稅之事」；「一埤益我」解為「減彼一而以益我」，[186]與原句句義相去甚遠，焦氏遂以「迂曲」目之。

「眾維魚」條：

> 《傳》：「陰陽和則魚眾多矣。」《箋》云：「見人眾相與捕魚。」
> 循按：《傳》云「魚眾多」，言眾多者維魚也。《箋》以眾為人，與毛異。捕魚說迂甚。（頁336、337）

183 《十三經注疏・毛詩注疏》，頁77、78。
184 《十三經注疏・毛詩注疏》，頁103。
185 《十三經注疏・孟子注疏》，頁164。
186 《十三經注疏・毛詩注疏》，頁103。

案：本條見〈小雅‧無羊〉。就句法觀之，焦循謂「眾維魚」當指「眾多者維魚也」，即《傳》「魚眾多」[187]之意。《箋》以「眾」指「人」、且增出「相與補魚」之說，[188]非原句所有，故焦氏以「迂甚」駁之。

「文王蹶厥生」條：

> 《傳》：「蹶，動也。」《箋》云：「文王動其緜緜民初生之道。」
> 循按：生即性也，謂感動虞、芮之性。毛述爭田讓田之事，用此義也。《箋》迂甚。（頁354）

案：本條見〈大雅‧緜〉。該句上承「虞芮質厥成」，毛《傳》曰：「虞、芮之君相與爭田，久而不平，乃相謂曰：『西伯仁人也，盍往質焉。』乃相與朝周，入其竟則耕者讓畔，行者讓路，……二國之君感而相謂曰：『我等小人，不可以履君子之庭。』乃相讓以其所爭田為間田而退。」[189]據此，焦循謂「文王蹶厥生」乃「文王感動虞、芮之天性」，而斥《箋》「文王動其緜緜民初生之道」[190]為迂甚。

（六）批駁《正義》之說

《毛傳補疏》中不然《正義》之說者亦甚多，如「窈窕淑女」條：

> 《傳》：「窈窕，幽閒也。言后妃有關雎之德，是幽閒貞專之善

---

187 《十三經注疏‧毛詩注疏》，頁389。
188 《十三經注疏‧毛詩注疏》，頁389。
189 《十三經注疏‧毛詩注疏》，頁551。
190 《十三經注疏‧毛詩注疏》，頁551。

女。」《箋》云：「言后妃之德和諧，則幽閒處深宮貞專之善
女。」
循按：《經》以「窈窕」為女之淑，毛以「幽閒」解「窈窕」，
慮「幽閒」不足明女之善，故申言「貞專」，惟貞專乃能幽
閒。《箋》增「處深宮」三字於「幽閒」之下，亦以「處深
宮」明其幽閒，非謂窈窕當訓以「處深宮」也。《正義》云：
「窈窕者，淑女所居之宮，形狀窈窕然。」失《傳》義，亦非
《箋》義。（頁245、246）

案：本條見〈周南‧關雎〉。焦循謂「窈窕」乃修飾「淑女」之
詞，弗論是《傳》訓「窈窕」為「幽閒貞專」，[191]或《箋》之增「處
深宮」（用以解說幽閒）為「幽閒處深宮貞專」，[192]皆扣緊「淑女」而
言；而《正義》卻將「窈窕」訓解《箋》所增之「深宮」，曰「淑女
所居之宮，形狀窈窕然」，[193]故焦循批之為「失《傳》義，亦非
《箋》義」。

「公侯腹心」條：

《傳》：「可以制斷公侯之腹心。」《箋》云：「可用為策謀之
臣，使之慮事。」
循按：「制斷公侯之腹心」即是「策謀慮事」，《箋》申《傳》，
非易《傳》也。《正義》強分別之。（頁250）

案：本條見〈周南‧兔罝〉。焦循謂《箋》訓「公侯腹心」為

---

191 《十三經注疏‧毛詩注疏》，頁20。
192 《十三經注疏‧毛詩注疏》，頁20。
193 《十三經注疏‧毛詩注疏》，頁21。

「策謀慮事之臣」，[194]實即毛《傳》「制斷公侯腹心」[195]之意，而《正義》曰：「毛以為兔罝之人有文有武，可以為腹心之臣，言公侯有腹心之謀事，能制斷其是非。鄭以為此兔罝之人賢者，若公侯行攻伐時，可使之為腹心之計，謀慮前事」，[196]故云「《正義》強別之」。

「于以采蘩，于沼于沚」條：

> 《傳》：「蘩，皤蒿也。于，於。」《箋》云：「于以，猶言往以也。執蘩菜者，以豆薦蘩菹。」
> 循按：《傳》訓「于」為「於」，在訓「蘩」為「皤蒿」之下，明所訓是「于沼汙沚」二「于」字也。然則「于以」之「于」何訓，故《箋》申言「于以，猶言往以」，訓在「蘩」字之上。《正義》云：「經有三『于』，《傳》訓為『於』，不辨上下。」《傳》明示在「蘩」下，何為不辨乎？（頁258）

案：本條見〈召南・采蘩〉。「于以采蘩，于沼于沚」句中共三「于」字，毛《傳》訓「于，於」[197]在「蘩」字之後；鄭《箋》解「于以猶言往以」[198]在「蘩」字之前。焦循據此順序，謂《傳》所訓「于」為「于沼于沚」之「于」，《箋》所解者為「于以采蘩」之「于」，其別甚明；而《正義》云「經有三『于』，《傳》訓為『於』，不辨上下」，[199]實《正義》辨之未明。

「誰謂雀無角，何以穿我屋」條：

---

194 《十三經注疏・毛詩注疏》，頁40。
195 《十三經注疏・毛詩注疏》，頁40。
196 《十三經注疏・毛詩注疏》，頁40。
197 《十三經注疏・毛詩注疏》，頁47。
198 《十三經注疏・毛詩注疏》，頁47。
199 《十三經注疏・毛詩注疏》，頁47。

《傳》:「不思物變而推其類,雀之穿屋似有角者。」《箋》
云:「變,異也,人皆謂雀之穿屋似有角。」
循按:以角穿屋,常也;無角而穿屋,變也。不思物之有變,
第見穿屋而推之以尋常穿屋之事,則似雀有角矣。此《傳》、
《箋》之義也。《正義》云:「不思物有變。強暴之人見屋之穿
而推其類,謂雀有角。」經言「誰謂」,無所指實之詞。故
《箋》云「人皆謂」,則非指彊暴之人矣。(頁260)

案:本條見〈召南・行露〉。其中「誰謂雀無角」之「誰」,焦循
認係「泛稱」,所謂「無所指實之詞」,故《箋》云「人皆謂」[200];
《正義》卻以「強暴之人」[201]落實之,非經文原義。
「與子偕老」條:

《傳》:「偕,俱也。」《箋》云「從軍之士與其伍約,言俱老
者,庶幾俱免於難。」循按:「偕老」,夫婦之辭。前「于以求
之,于林之下」為語其家人之辭。此章王肅指室家男女言,未
必非毛旨也。《正義》云:「卒章《傳》云『不與我生活』。言
『與』是軍伍相約之辭,則此為軍伍相約,非室家之謂。」此
不足以破肅。蓋從軍者不得歸,欲其家人來求之,而與之偕老
於此地。卒章言其不來求也。(頁265、266)

案:本條見〈邶風・擊鼓〉。《箋》謂「與子偕老」係指「從軍之
士與其伍約」[202]之辭,王肅以為「室家男女言」。[203]《正義》據末章

---

200 《十三經注疏・毛詩注疏》,頁56。
201 《十三經注疏・毛詩注疏》,頁56。
202 《十三經注疏・毛詩注疏》,頁81。

《傳》云「不與我生活」，謂「與」是「軍伍相約」之辭，[204]從《箋》而反王肅說。焦循則認為「偕老」乃夫婦相約之祝願之辭，故謂《正義》之說不足以破肅。

「載馳載驅」條：

> 《傳》：「載，辭也。」《箋》云：「載之言則也。」
> 循按：〈夏小正・傳〉云：「則者，盡其辭也。」「則」正是辭，故《箋》以申《傳》。《正義》云：「鄭惟『載之言則』為異。」然則毛所謂「辭」者，何辭也？（頁282）

案：本條見〈鄘風・載馳〉。「載馳載驅」之「載」，毛《傳》以為「辭也」[205]，《箋》云「載之言則也」[206]，焦循取〈夏小正・傳〉「則者，盡其辭」[207]，陳明《箋》之「則」正係《傳》之「辭」，而《正義》竟謂鄭「載之言則」與毛「載，辭也」相異，[208]故焦循駁之。

「及爾偕老」條：

> 《箋》云：「及，與也。我欲與女俱至於老。」
> 循按：前「以爾車來」，《箋》云：「女，女復關也。」以「女」解「爾」字，以「復關」指「女」，則「女」者謂男子也，「我」者，婦人自我也。我欲與女俱至於老，婦人自言欲

203　《十三經注疏・毛詩注疏》，頁81。
204　《十三經注疏・毛詩注疏》，頁81。
205　《十三經注疏・毛詩注疏》，頁125。
206　《十三經注疏・毛詩注疏》，頁125。
207　《景印文淵閣四庫全書・大戴禮記》，冊128，頁412。
208　《十三經注疏・毛詩注疏》，頁125。

與男子偕老也。《正義》以為婦人述男子謂己之辭，是「女」
為男子稱婦人，「我」為男子自我矣。下「信誓旦旦」，《箋》
云：「我為童女時，女與我言笑和柔，我其以信相誓旦旦耳。」
「女」「我」所屬分別甚明，而《正義》亦反之經文，遂迂曲
不達。（頁285、286）

　　案：本條見〈衛風・氓〉。「及爾偕老」，《箋》詁為「我欲與女
（汝）俱至於老」，[209] 焦循據其前「以爾車來」，《箋》釋「爾」為
「女，女復關也」，以及其後「信誓旦旦」，《箋》云「我為童女時，
女與我言笑和柔」[210]，以為〈氓〉詩中「女我所屬，分別甚明」，
「女」（爾）指男子，「我」係婦人自稱，故「及爾偕老」當言出女
子，而《正義》曰「『及爾偕老』男子之言也」，[211] 適與鄭《箋》相
反，焦循遂以「迂曲不達」斥之。
　　「誰謂河廣，一葦杭之」條：

　　　《傳》：「杭，渡也。」《箋》云：「誰謂河水廣歟，一葦加之則
　　　可渡之，喻狹也。」循按：古今無以葦作舟之理。「一葦杭
　　　之」謂一葦之長，即自此岸及彼岸耳。下言「不容刀」，「刀」
　　　為「小船」，言河之廣尚不及刀之長，非謂乘刀而渡，則不謂
　　　乘葦而渡益顯然矣。「渡」與「度」通。《廣雅》與「贏」、
　　　「俓」同訓「過」。以葦渡河，非以葦渡人。《正義》云：「言
　　　一葦者，謂一束也。可以浮之水上而渡，若浮筏然，非一根葦
　　　也。」既失經意，亦失毛、鄭之意。《箋》言「喻狹」，則所謂

209　《十三經注疏・毛詩注疏》，頁136。
210　《十三經注疏・毛詩注疏》，頁136。
211　《十三經注疏・毛詩注疏》，頁136。

「一葦加之則可以渡之者，明謂「加一葦於河即可徑過」，未
嘗言人乘於葦而浮於河也。束葦果可如筏，則廣亦可浮，何為
喻狹邪？（頁287、288）

案：本條見〈衛風·河廣〉。「一葦杭之」之「杭」，《傳》曰
「杭，渡也」，[212]焦循以一般常情「古今無以葦作舟之理」，以及下章
「不容刀」（刀為小船），[213]謂《傳》之「渡」，非「載人渡河」之
「渡」，蓋「渡」與「度」通，[214]《廣雅》有云：「軼、渡、贏、俓、
歷、更，過也」；[215]且《箋》云「誰謂河水廣歟，一葦加之則可渡
之，喻狹也」，正謂「加一葦於河即可徑過」。而《正義》曰：「可以
浮之水上而渡，若浮筏然」，[216]故焦氏批之為「既失經意，亦失毛、
鄭之意」。

「邱中有麻，彼留子嗟」條：

《傳》：「邱中，墝埆之處，盡有麻麥草木，乃彼子嗟之所
治。」《箋》云：「子嗟放逐於朝，去治卑賤之職而有功。所在
則治理，所以為賢。」
循按：《正義》區分毛、鄭之異，謂《傳》義在未放逐之前，
《箋》義在既放逐之後，細審之，未見其然。（頁293）

案：本條見〈王風·邱中有麻〉。《傳》以「邱中」係指墝埆之

---

212 《十三經注疏·毛詩注疏》，頁139。
213 《說文》「渡」篆，段《注》曰：「凡過其處皆曰渡，假借多作度。」（《說文解字
　　注》，頁361）
214 《十三經注疏·毛詩注疏》頁139。
215 《廣雅詁林》，頁274。
216 《十三經注疏·毛詩注疏》，頁139。

處，[217]「墝埆」《正義》謂「地之瘠薄者也」，[218]《墨子‧親士》「墝埆者其地不育」是也。[219]貧瘠之處能生育作物，足見子嗟之能。《箋》謂子嗟「所在則治理，所以為賢」，當指子嗟「無論身在何處，皆能善治其政，此所以為賢」，故與《傳》義同。而《正義》區分《傳》、《箋》之異，謂「《傳》義在未放逐之前，《箋》義在放逐之後」，[220]惟細味《傳》、《箋》之語，並無「放逐前」、「放逐後」之分，故焦氏不然其說。

「胡不佽焉」條：

> 《傳》：「佽，助也。」《箋》云：「何不相推佽而助之。」
> 循按：次、且一聲之轉。佽之為助，猶趄之為趑。《正義》謂「非訓佽為助」，以「佽」為古「次」字，欲使相推以次第助之。此據《箋》「推佽而助之」說以解《傳》也。然《傳》明以「助」訓「佽」，《箋》以「推佽」並言。〈儒行‧注〉云：「推，舉也。」舉猶與也，《周禮‧師氏》注：「故書『舉』為『與』。」《易》「物與無妄」，虞仲翔《注》「與猶舉也。」見《戰國策》、《呂氏春秋》《注》。與猶助也。以「推」明「佽」，正是以「助」明「佽」耳。（頁306、307）

案：本條見〈唐風‧杕杜〉。毛《傳》以「助」解「佽」，[221]焦循從音義關係申《傳》，謂「助」從「且」、「佽」從「次」得聲，[222]而

217　《十三經注疏‧毛詩注疏》，頁155。

218　《十三經注疏‧毛詩注疏》，頁155。

219　〔清〕孫詒讓著：《墨子閒詁》（臺北市：華正書局，1987年），頁7。

220　《十三經注疏‧毛詩注疏》，頁155。

221　《十三經注疏‧毛詩注疏》，頁223。

222　「助」，從力且聲；「佽」，從人次聲（《說文解字注》，頁705、376）。

「且」、「次」一聲之轉，[223] 音相同（近）者義相通，「伙之為助」猶「趑之為趄」。[224]《箋》云「何不相推伙而助之」，[225] 焦循以為「推伙」並言，「推」、「伙」當為同義詞，蓋推，舉也；[226] 舉猶與，[227]「與」、「助」相通，[228] 故「推伙」猶「助」也，《箋》申《傳》。而《正義》據《箋》，卻以「次」解「伙」，釋為「相推以次第助之」，[229] 故焦氏以為誤也。

「伐木丁丁，鳥鳴嚶嚶」條：

> 《傳》：「丁丁，伐木聲也。嚶嚶，驚懼貌。」《箋》云：「丁丁、嚶嚶，相切直也。言昔日未居位，在農之時，與友生於山巖伐木，為勤苦之事，猶以道德相切正也。」循按：《傳》以「丁丁」為伐木聲，「嚶嚶」為驚懼，則因伐木而驚懼，因驚懼而遷喬。既遷於喬，又呼其友。故《傳》解「嚶其鳴矣，猶求友聲」云：「君子雖遷高位，不可以忘其友朋。」至此始言

223　「且」，古音清紐魚部。「次」，清紐脂部（《漢字古音手冊》，頁38、60）。

224　「趑」，《說文》作「趀」，「趀」猶「趄」，「趀趄」聯用，行不進也（《說文解字注》，頁66）。

225　《十三經注疏・毛詩注疏》，頁223。

226　《禮記・儒行》有「推賢而進達之」、「其舉賢援能有如此者」之句，（《十三經注疏・禮記注疏》，頁978）推、舉並用，是「推」、「舉」義同。

227　《周禮・師氏》：「凡祭祀、賓客會同喪紀軍旅，王舉則從。」《注》曰：「故書舉為與，杜子春云當為與。」（《十三經注疏・周禮注疏》，頁212）《易・無妄卦》：「天下雷行，物與無妄。」虞翻曰：「與謂舉。」〔清・李道平：《周易集解纂疏》（北京市：中央編譯出版社，2011年），頁200〕。

228　《孟子・公孫丑》：「君子莫大乎與人為善。」朱子曰：「與，猶助也。」〔宋・朱熹集註：《四書集註》（臺北市：學海出版社，1988年），頁239〕《戰國策・秦策》：「不如與魏以勁之。」姚宏《注》：「與，猶助也。」（《戰國策》，上冊，頁123）。

229　《十三經注疏・毛詩注疏》，頁224。

及友朋，但言不可忘友。「相切直」之義，《箋》言之，《傳》
無之也。至《箋》言「昔日未居位在農之時」，此亦泛說。《正
義》則云：「鄭以為此章追本文王幼少之時結友之事，言文王
昔日未居位之時，與友生伐木於山阪。」文王幼時何曾為農？
又何伐木之有？（頁325、326）

案：本條見〈小雅・伐木〉。焦循據《傳》「丁丁，伐木聲。嚶
嚶，驚懼也」，[230]謂係指鳥「因伐木而驚懼，因驚懼而喬遷，而呼其
友」。此又借鳥喻人，故《傳》解「嚶其鳴矣，猶求友聲」為「君子
雖遷高位，不可以忘其友朋」；[231]而《傳》但言「不可忘友」，並無鄭
《箋》「相切直」[232]之義。且《箋》言「昔日未居位在農之時」，[233]亦
只是泛說，《正義》卻落實為「鄭以為此章追本文王幼少之時結友之
事，言文王昔日未居位之時，與友生伐木於山阪」，[234]故焦氏以「文
王幼時何曾為農？又何伐木之有」責駁之。

「陟彼北山，言采其杞。王事靡盬，憂我父母」條：

《箋》云：「杞非常菜也，而升北山采之，託有事以望君
子。」
循按：父母即君子之父母。上章「我心傷悲」，《箋》言「念其
君子」，故此章因念君子，言君子未歸，不特我念之，並我父
母亦憂之。《正義》則以為婦人稱夫為父母，引〈日月〉「父兮

---

230 《十三經注疏・毛詩注疏》，頁327。
231 《十三經注疏・毛詩注疏》，頁327。
232 《十三經注疏・毛詩注疏》，頁327。
233 《十三經注疏・毛詩注疏》，頁327。
234 《十三經注疏・毛詩注疏》，頁327。

母兮」為證。乃〈日月〉「父兮母兮」之文，《箋》云：「已尊
之如父，親之如母，乃反遇我不終」。彼《箋》義謂詩極言
之，非真以夫為父母。……若此詩直云「憂我父母」，與「父
兮母兮」辭氣已自不同。此詩無容極言之也。《正義》引〈日
月〉《箋》以當此詩《傳》、《箋》之義，於此失之。（頁327、
328）

　　案：本條見〈小雅・杕杜〉。《正義》以詩中「王事靡盬，憂我父
母」[235]之「父母」與〈邶風・日月〉「父兮母兮，畜我不卒」[236]之
「父母」同，皆「婦人稱夫」之謂。焦循則比較〈杕杜〉「王事靡
盬，憂我父母」與〈日月〉「父兮母兮，畜我不卒」，謂二者「辭氣已
自不同」，且《箋》釋「父兮母兮」曰「已尊之如父，親之如母，乃
反遇我不終」，[237]乃謂「詩極言之，非真以夫為父母」；而此詩直言
「憂我父母」，無「極言之」之辭氣，衡以上下文義，此「父母」當
即「君子之父母」，非如《正義》所云，「婦人稱夫」之謂也。

　　「汎汎楊舟，載沉載浮」條：

　　《傳》：「楊木舟，載沉亦浮，載浮亦浮。」《箋》云：「舟者，
　　沉物亦載，浮物亦載。」
　　循按：《傳》、《箋》明以「載」為「承載」之載。汎汎，浮
　　也。《傳》兩「亦浮」解「汎汎」，言此楊舟無論所載者為沉物
　　浮物，而皆汎汎也。《箋》恐「載沉載浮」之說不明，故以
　　「沉浮」為所載之物，可謂明矣。乃《正義》引「載馳載驅」

235　《十三經注疏・毛詩注疏》，頁340。
236　《十三經注疏・毛詩注疏》，頁79。
237　《十三經注疏・毛詩注疏》，頁79。

之例，以「載」為「則」，又謂「《傳》言『載沉載浮』，《箋》
云『沉物亦載』，以載解義，非《經》中之載」。若然，《經》
宜云「則沉則浮」，舟可云則沉乎？《傳》、《箋》正以「則沉
則浮」未可解《經》，故詳切明之。《正義》不得其故，且沒
《傳》、《箋》體物之工，亦妄矣。（頁329、330）

　　案：本條見〈小雅‧菁菁者莪〉。焦循據「汎汎，浮也」之義，
而「載沉載浮」承之於「汎汎楊舟」之後，[238]斷句中「沉、浮」非舟
之「下沉上浮」，故謂《箋》之「沉物亦載，浮物亦載」，[239]正所以申
明《傳》之「載沉亦浮，載浮亦浮」，[240]《傳》、《箋》皆將二「載」
字詁為「承載」之「載」。而《正義》釋「載沉載浮」之「載」，以為
與〈四牡〉「載飛載止」、〈生民〉「載震載夙」、「載生載育」[241]同，亦
當訓為「則」，並謂《傳》、《箋》解為「承載」之載，非《經》中之
「載」。[242]果如《正義》之說，則「汎汎楊舟」轉成「則沉則浮（載
沉載浮）」，甚不辭矣！[243]故焦氏以「亦妄矣」詆之。

　　「瞻彼中原，其祁孔有」條：

　　　　《傳》：「祁，大也。」

---

238 《十三經注疏‧毛詩注疏》，頁354。

239 《十三經注疏‧毛詩注疏》，頁354。

240 今本《毛詩注疏》作「載沉亦沉，載浮亦浮」（頁354），阮元《毛詩注疏校勘記》
　　指出「載沉亦沉」當作「載沉亦浮」（《十三經注疏‧毛詩注疏》，頁356）。

241 分見《十三經注疏‧毛詩注疏》，頁318、587。

242 《十三經注疏‧毛詩注疏》，頁354。

243 《正義》亦察覺「汎汎楊舟，則沉則浮」之不妥，故復增一「載」字，解為「則
　　載其沉物，則載其浮物，俱浮水上」（頁354），其解「載」為「則」之誤，更形凸
　　顯。

循按：《傳》以「其祁」指中原之大。《正義》解毛謂「其諸禽
獸大而甚有」，又云「不言獸名，不知大者何物」，非也。（頁
232）

案：本條見〈小雅・吉日〉。焦循謂毛《傳》釋「祁」為大，[244]
「其祁」乃上承「瞻彼中原」之「中原」，故當指「中原之大」；《正
義》卻增字註解，添入「禽獸」，且謂「不知大者何物」，故「不言獸
名」，[245]如此穿鑿，故焦氏以為非。

「爰及矜人，哀此鰥寡」條：

《傳》：「矜，憐也。」《箋》云：「當及此可憐之人，謂貧窮者
欲令賙餼之，鰥寡則哀之，其孤獨者收斂之，使有所依附。」
非以矜人專指貧窮者也。《正義》未得其旨。（頁332、333）

案：本條見〈小雅・鴻雁〉。焦循從上下文義，謂《傳》釋「矜」
為憐，[246]《箋》謂「可憐之人」為總稱，「貧窮者」、「鰥寡」、「孤獨
者」[247]等為分項，以申言「矜人（可憐之人）」；而《正義》曰：「此
可憐之人是貧窮也。以貧窮無財宜賙餼之。賙謂與之財，餼謂賜之食
也。知可憐之人非孤獨者，以孤獨與鰥寡為類，同在『哀此』之
中。」[248]以「矜人」專指「貧窮之人」，故焦循謂《正義》未得詩旨。

「舍彼有罪，既伏其辜。若此無罪，淪胥以鋪」條：

---

244 《十三經注疏・毛詩注疏》，頁370。
245 《十三經注疏・毛詩注疏》，頁370。
246 《十三經注疏・毛詩注疏》，頁373。
247 《十三經注疏・毛詩注疏》，頁373。
248 《十三經注疏・毛詩注疏》，頁374。

《傳》:「舍,除。淪,率也。」《箋》云:「胥,相。鋪,徧
也。言王使此無罪者,見牽率相引而徧得罪也。」

循按:審《傳》、《箋》之義,當讀「彼有罪既伏其辜」七字為
一貫,若曰「除有罪伏辜者不論外,而無罪之人亦為彼有罪者
所牽率而徧入於罪。」《正義》解作「舍去有罪者不戮」,則
「既伏其辜」四字為不詞矣。且「牽率相引」為誰所牽率邪?
「有罪者舍之,無罪者戮之」,此顛倒刑罰不中耳。惟「有罪
者戮,無罪者亦株連而戮」,所謂「威」也。《箋》云「以刑罰
威恐天下而不慮不圖」,正謂「濫於用刑」,不謂其「錯於用
刑」也。(頁342)

案:本條見〈小雅・雨無正〉。焦循據經文「舍彼有罪,既伏其
辜」以及《箋》解「若此無罪,淪胥以鋪」為「無罪者見牽率相引而
徧得罪也」,[249]斷毛《傳》「舍,除」之「除」,當為「除……不論
外」之義。四句若曰「除有罪伏辜者不論外,而無罪之人亦為彼有罪
者所牽率而徧入於罪」,此亦《箋》所云「以刑罰威恐天下」[250]之
「濫刑」也。並謂若依《正義》詁「舍」為「舍棄」,解作「舍彼有
罪者不戮」,[251]則與下句「既伏其辜」相舛,為不詞矣。

「有商孫子」條:

《箋》云:「使臣有殷之孫子。」

循按:《傳》解「有周不顯」云「有周,周也。」則此「有
商」亦商也。《正義》解之云:「使臣有商之孫子,謂使之為

---

249 《十三經注疏・毛詩注疏》,頁409。
250 《十三經注疏・毛詩注疏》,頁409。
251 《十三經注疏・毛詩注疏》,頁410。

臣，以為己有。」非《傳》義，亦非《箋》義。（頁347）

案：本條見〈大雅・文王〉。焦循取同詩「有周不顯」[252]與「有
商孫子」[253]對比，謂《傳》解「有周，周也」，[254]「有」為語辭，無
義，故「有商孫子」之「有」亦為「助辭」。《箋》釋之為「使臣有殷
之孫子」，[255]而《正義》復添入「以為己有」，[256]故焦曰「非《傳》
義，亦非《箋》義」。

「削屢馮馮」條：

《傳》：「削牆鍛屢之聲馮馮然。」

循按：此詩詠築牆之事，極其詳細。毛、鄭亦曲能達之。以虆
盛土，投之板中而築之。築其上也，其旁必有溢出於板者，則
削之屢之以取其平。「削」謂以銚錥之類削去之，而義易明。
「屢」，古「婁」字。〈小雅〉「式居婁驕」，《箋》云：「婁，斂
也。」斂謂收斂，不用削而使其溢處收斂，則必用「鍛」。鍛
者，椎也，以物椎擊之使平，則溢者斂。故《傳》以「鍛」明
「屢」。「鍛屢」猶「鍛斂」，「鍛斂」猶「鍛鍊」。鍛之使堅
牢，猶鍛之使精熟。〈儀禮・士喪禮〉「牢中旁寸」，《注》云：
「牢讀為樓。樓為削約握之。」彼《疏》云：「讀從樓者，義
取樓斂挾少之意。」《詩・小雅・釋文》云：「婁，徐云：『鄭
音樓。』《爾雅》云：『裒、鳩、樓，聚也。』」今《爾雅》作

---

252 《十三經注疏・毛詩注疏》，頁533。
253 《十三經注疏・毛詩注疏》，頁535。
254 《十三經注疏・毛詩注疏》，頁533。
255 《十三經注疏・毛詩注疏》，頁535。
256 《十三經注疏・毛詩注疏》，頁536。

「摟」，與「斂」同訓。〈釋宮〉：「陝而修曲曰樓。」樓取於陝，即婁之為斂。蓋「削」者，平其土之堅處，「屢」者鍛其土之不堅處。不堅鍛之使堅，則斂之正所以牢之。《正義》解為「削之人屢其聲馮馮然」，是以「屢」為「數」，失毛義矣。（頁352、353）

案：本條見〈大雅・緜〉。焦循謂此係歌詠築牆之事，「削」、「屢」既並列，則皆當指築牆之實作功夫，故贊同毛《傳》「削牆鍛屢」[257]之解並申明之，以為築牆時，「以虆盛土，投之板中而築之時，其旁必有溢出於板者，則削之屢之以求平整。」「削」即以銚鎒類之工具削平之；「屢」、「婁」古今字，[258]其義則先取〈小雅・角弓〉「式居婁驕」，《箋》曰：「婁，斂也。」為解；[259]復取〈儀禮・士喪禮〉「牢中旁寸」、《注》云「牢讀為樓」、《疏》云「讀從樓者，義取樓斂挾少之義」，[260]以及《爾雅》「哀、鳩、樓，聚也」[261]為例，佐證從「婁」得聲者有「聚斂」之義。而「婁」為求牆平整之另一工法，係用鍛（以重物錐擊）之方式，使溢處收斂，收「平而堅牢」之效，故謂「削者平其土之堅處，屢者鍛其土之不堅處（使堅之）」。而《正義》解為「削之人屢其聲馮馮然」，[262]解「屢」為「數」，故焦氏曰：失毛義。

257 《十三經注疏・毛詩注疏》，頁549。

258 《說文解字注》「婁」篆段《注》謂「婁」、「屢」為正、俗字（《說文解字注》頁630）。

259 《十三經注疏・毛詩注疏》，頁505。

260 《十三經注疏・儀禮注疏》，頁413。

261 《十三經注疏・爾雅注疏》，頁21。

262 《十三經注疏・毛詩注疏》，頁549。

第三章
焦循論「詩教」、「詩序」、「思無邪」

　　《毛詩補疏》中頗值得吾人注意的是焦氏對於「詩教」、「詩序」與「思無邪」之論述，其不同於前人之處在於：一、它是透過對殷鑑不遠的興亡之事的檢討省思，去彰顯「溫柔敦厚」之重要。二、里堂論《詩》教，特重情之相通，而忌以理相剋；而此種「以情代理」之說，適與彼時學術界一股崇禮抑理的新思潮相呼應。

　　清代中葉以降，禮學的研究，繼清初學者顧炎武（1613-1682）、張爾岐（1612-1677）、萬斯同（1638-1702）等之倡導，更加受到重視。影響所及，一股新的、批判宋明理學的思潮於焉醞釀。自禮學大師凌廷堪（1755-1809）提出「以禮代理」之主張後，這股思潮更形蓬勃，方向更趨明晰。而焦循「禮、理之辨」，則為其中重要之論題。[1] 里堂認為，「君長之設，所以平天下之爭」；而「爭」則起於「彼告之，此訴之，各持一理，譊譊不已」；[2] 居中調停者，若直論其是非，彼此必皆不服，則爭議又起，所謂「聽訟者以法，法愈密而爭愈起，理愈明而訟愈煩」[3] 若能「說以名分，勸以孫順，置酒相揖，往往和解」；[4] 所以「理足以啟爭，禮足以止爭」；而禮之所以能止

1　有關清中葉「以禮代理」新思潮之興起與發展，詳張壽安：《以禮代理》（臺北市：中央研究院近代史研究所，1994年）之相關論述。

2　《焦循詩文集・雕菰集・理說》，上冊，頁182、183。

3　《焦循詩文集・雕菰集・使無訟解》，上冊，頁170。

4　《焦循詩文集・雕菰集・理說》，上冊，頁183。

爭，緣於「禮論辭讓」。[5]而辭讓則繫乎「以己欲推乎人之欲」，[6]以己
情通乎人之情，故曰：「先王立政之要，因人情以制禮。」[7]「情與情
相通，則自不爭，所以使無訟者，在此而已。」[8]

　　焦循論「詩教」，便與上述「禮、理之辨」相呼應：

> 夫詩，溫柔敦厚者也。不質直言之，而比興言之。不言理而言
> 情，不務勝人而務感人。自理道之說起，人各挾其是非以逞其
> 血氣，激濁揚清，本非謬戾，而言不本於性情，則聽者厭倦。
> 至於傾軋之不已，而忿毒之相尋，以為同黨，即以比為爭，甚
> 而假宮闈廟祀儲貳之名，動輒千百人哭於朝門，自鳴忠孝，以
> 激其君之怒，害及其身，禍及其國，全戾乎所以事君父之道。
> 余讀《明史》，每歎《詩》教之亡，莫此為甚。夫聖人以一言
> 蔽三百，曰「思無邪」。聖人以《詩》設教，其去邪歸正奚待
> 言！所教在思。思者容也。思則情得，情得則兩相感而不疑。
> 故示之於民則民從，施之於僚友則僚友協，誦之於君父則君父
> 怡然釋。不以理勝，不以氣矜，而上下相安於正。……以思相
> 感，則情深而氣平矣，此《詩》之所以為教與？（頁239-
> 240）

焦氏之言，係從人之相與的大眾心理、社會經驗著眼。蓋情、理之為
物，情柔似水，理剛若劍；同一事端，柔性溝通，委婉相勸，較能顧

5　《焦循詩文集‧雕菰集‧理說》，上冊，頁183。
6　里堂曰：「與人相接也，以我之所欲所惡，推之於彼：彼亦必以彼之所欲所惡，推
　之於我，各行其恕，自相讓而不相爭。」（《焦循詩文集‧雕菰集‧格物解二》，上
　冊，頁163）
7　《焦循詩文集‧雕菰集‧理說》，上冊，頁182。
8　《焦循詩文集‧雕菰集‧使無訟解》，上冊，頁169、170。

及人所共重之尊嚴，引發相應之共鳴感動；投之以木桃，報之以瓊瑤。相責以理，直刺弱點，互揭瘡疤，每每傷及顏面，逼爆怨怒，終致以牙還牙，以眼還眼。「挾其是非、逞其血氣，傾軋不已、怨毒相尋」，正與其「理啟爭」之說相應。而以理抗爭的衝突，若發生於廟堂朝廷之間，激怒了掌握生殺大權之當權者，則其為患、不僅害及其身，更禍延全國，甚或動搖國本。明末東林黨人與浙黨、齊黨、楚黨之爭鬨傾軋，種下日後閹黨打壓迫害，毀亂國綱之惡因，[9]堪為著例。

　　而里堂讀《明史》、歎《詩》教之亡者，正以「溫柔敦厚」可以止爭、可以致和。蓋「詩本於情」，[10]所本者與禮同（先王因人情而為禮），「溫柔敦厚」者，情之厚也；「思無邪」者，思者容也，容者通也。[11]何為通？「反乎己以求之也；己所不欲，勿施於人，……己欲立而立人，己欲達而達人」，[12]此即「格物」、此即「情與情相通」。「無邪」者，情之正也。而「情之厚」、「情之正」、「情之通」，正為止爭、無訟、天下歸仁之法門。[13]此「詩教」所以會通於禮。

　　《毛詩補疏》中另有一段論及《詩序》的文字，表達了焦氏對《詩序》之肯定與推崇；也為《詩序》之遭疑，提出了新的辯護。凡此，仍與上述情、理之辨有關：

9　婁曾泉、顏章炮：《明朝史話》（北京市：北京出版社，1984年），頁203-215。

10　《焦循詩文集‧雕菰集‧與歐陽制美論詩書》，上冊，頁269。

11　段玉裁以為「思者，容也」之「容」當作「睿」，深通也。見《說文解字注》，頁506。

12　《焦循詩文集‧雕菰集‧格物解一》，上冊，頁162。

13　里堂曰：「情與情相通，則自不爭，所以使無訟者，在此而已。……忿懥恐懼，好樂憂患，情也，不得其正者，不能格物也，不能通情也。……保合太和則無訟，而歸其本於性情。……齊之以禮，務厚其情，……厚其情而明恕也。恕則克己，克己則復禮，克己復禮則天下歸仁。」《焦循詩文集‧雕菰集‧使無訟解》，上冊，頁169、170）

〈蒹葭〉、〈考槃〉皆避世高隱之辭，而《序》則云「〈考槃〉刺莊公」，「〈蒹葭〉刺襄公」，此說者所以疑《序》也。嘗觀《序》之言「刺」，如〈氓〉、〈靜女〉刺時，〈簡兮〉刺不用賢，……求之詩文，不見刺意。惟其為刺詩，而詩中不見有刺意，此三百篇所以溫柔敦厚，可以興，可以觀，可以群，可以怨也，後世之刺人一本於私，雖君父不難於指斥，以自鳴其直。學《詩》三百，於《序》既知其為刺某某之詩矣，而諷味其詩文，則婉曲而不直言，寄托而多隱語。故其言足以感人，而不以自禍。即如〈節南山〉、〈雨無正〉、〈小弁〉等作，亦惻怛纏綿，不傷於直，所以為千古事父事君之法也。……宋明之人不知《詩》教，士大夫以理自持，以倖直抵觸其君，相習成風，性情全失。而疑《小序》者，遂相率而起。余謂《小序》之有裨于《詩》，至切至要，特詳論於此。（頁311-312）

焦循以為：詩人雖秉性寬愛，然事君事父又絕非出以姝姝自悅之妾婦之道；於君父之愆失，風氣之頹靡、禍患之滋萌、國事之蜩螗，不能無憂、不能無怨、不能不諫。唯其情深懇惻，故不忍挾理苛責、疾厲抗辯，而出之以「惻怛纏綿」；故其言感人，「示之於民則民從，施之於僚友則僚友協，誦之於君父則君父怡然釋，上下相安於正」（頁240），足以為後世法。然正因《詩》中此種「溫柔敦厚」之幾諫，係出自「婉曲不直言，寄托多隱語」之修辭手法，其義遂隱晦，復兼時移境異，後人察知不易；幸賴《詩序》披沙揀金，提澌點醒，此《序》大有功於《詩》教；而宋、明儒之所以疑《詩序》、甚或倡議廢《詩序》者，里堂以為，實緣其尚理好爭，溫厚之情見蔽有以致之矣。

第四章
《毛詩補疏》中之訓詁方法

　　《毛詩補疏》中焦循用以闡發毛《傳》，辨正《箋》與《正義》或前人之說之訓詁方法相當繁富，約可歸納為下列數項：

一　因聲求義

　　如「無相猶矣」條：

> 《傳》：「猶，道也。」《箋》云：「猶當作瘉。瘉，病也。言時人骨肉用是相愛好，無相詬病也。」
> 循按：《爾雅・釋詁》：「迪、繇，道也。」「繇」即「猶」，此「道」乃教道之義。《傳》言兄弟怡怡，異於朋友責善，故但相好，不必相規。相規且不可，何論詬病。（頁334）

　　案：本條見〈小雅・斯干〉。焦循以「猶」為「繇」之同音借字，而「繇，道也」[1]闡明《傳》「猶，道也」之詁。

二　從句法結構辨解

　　如「思齊大任，文王之母。思媚周姜，京師之婦」條：

1　《爾雅・釋詁》：「迪、繇、訓，道也。」（《十三經注疏・爾雅注疏》，頁27）

《傳》：「齊，莊。媚，愛也。周姜，太姜也。京室，王室
也。」《箋》云：「常思莊敬者，大任也，乃為文王之母。又常
思愛太姜之配太王之禮，故能為京師之婦。」
循按：「思齊」、「思媚」文同。則首二句言大任，次二句言大
姜，末二句言大姒。《列女傳》所謂周室三母也。鄭以大姜乃
大任之姑，不當次於下，故以「思媚周姜」為大任思愛之，
《傳》義未然也。（頁355）

案：本條見〈大雅・思齊〉。焦循謂「思齊」、「思媚」文同，即
從句構著眼，謂「思齊大任，文王之母」與「思媚周姜，京室之婦」[2]
為並列之句，一言大任、一述太姜，二者之間並無從屬關係；並舉次
於其下之「大姒嗣徽音」相對比，[3] 兼取劉向《列女傳》「周氏三母」[4]
相證，以駁《箋》以「『思媚周姜』為大任思愛之」說之不妥。

三　以屬文之法辨析

如「有酒湑我，無酒酤我。坎坎鼓我，蹲蹲舞我，迨我暇矣」條：

《箋》云：「王有酒，則泲酋之；王無酒，酤買之。為我擊鼓
坎坎然，為我興舞蹲蹲然。王曰及我今之間暇。」
循按：五「我」字一貫，為屬文之法。鄭氏拙於屬文，而以上
四「我」字為族人，下一「我」字為王。《正義》謂「《傳》亦
然」，誣矣。（頁326）

2　《十三經注疏・毛詩注疏》，頁561。
3　《十三經注疏・毛詩注疏》，頁561。
4　《景印文淵閣四庫全書・古列女傳》，冊448，頁10。

　　案：本條見〈小雅・伐木〉。焦循從屬文之法著眼，謂五「我」字所指稱者當一貫；《箋》將前四「我」同指族人，而末「我」字轉指「君王」，則欠妥。

四　從辭氣之比較作出論斷

如「陟彼北山，言采其杞。王事靡盬，憂我父母」條：

> 《箋》云：「杞非常菜也，而升北山采之，託有事以望君子。」
> 循按：父母即君子之父母。上章「我心傷悲」，《箋》言「念其君子」，故此章因念君子，言君子未歸，不特我念之，並我父母亦憂之。《正義》則以為婦人稱夫為父母，引〈日月〉「父兮母兮」為證。乃〈日月〉「父兮母兮」之文，《箋》云：「己尊之如父，親之如母，乃反遇我不終。」彼《箋》義謂詩極言之，非真以夫為父母，然且未必當詩人之旨，亦非必合毛《傳》之義。若此詩直云「憂我父母」，與「父兮母兮」辭氣已自不同，此詩無容極言之也。《正義》引〈日月・箋〉，以當此詩《傳》、《箋》之義，於此失之，並失彼《箋》之義也。
> （頁327-328）

　　案：本條見〈小雅・杕杜〉。「辭氣」原指說話時之聲調語氣，為情緒、情感、心理狀態之表徵。心情平和時，聲調平緩，語氣柔；情緒激動時，聲調昂揚，語氣急。以此，故同一詞彙之使用，若辭氣不同，其中之意蘊便會不同，語句化為文句亦然。此釋例中，里堂便運

用了此一原則進行判解。條中之「憂我父母」，[5]《正義》引〈邶風‧日月〉「父兮母兮，畜我不卒」，《箋》曰：「己尊之如父，親之如母，乃反遇我不終」[6]之疏解為證，遂謂「婦人稱夫為父母」。[7]里堂從辭氣體會，以為〈日月〉詩《箋》之義，「父兮母兮」乃當事人怨極之詞，非真以夫為父母。而本詩直云「憂我父母」，口氣上與「父兮母兮」之激動不同；《正義》引彼以當此，於兩者文義，並失之。

五　從用例之常辨析

如「與子偕老」條：

> 《傳》：「偕，俱也。」《箋》云：「從軍之士與其伍約，言俱老者，庶幾俱免於難。」
> 循按：偕老，夫婦之辭。此章王肅指室家男女言，未必非毛旨也。《正義》云：「卒章《傳》云『不與我生活』，言『與』是軍伍相約之辭，則以為軍伍相約，非室家之謂。」此不足以破肅。蓋從軍者不得歸，欲其家人來求之，而與偕老於此也。
> （頁265-266）

案：本條見〈邶風‧擊鼓〉。《正義》從鄭《箋》之說，以為「與子偕老」係「軍旅相約之辭，而非王肅『指男女室家言』。」[8]惟觀

5　《十三經注疏‧毛詩注疏》，頁340。
6　《十三經注疏‧毛詩注疏》，頁79。
7　《十三經注疏‧毛詩注疏》，頁340。
8　《十三經注疏‧毛詩注疏》，頁81。

〈衛風・氓〉詩有「及爾偕老，老使我怨」，[9]〈鄘風・君子偕老〉有「君子偕老，副笄六珈」，[10]〈邶風・谷風〉有「德音莫違，及爾同死」，[11]「及爾同死」意即「及爾偕老」，皆用於夫婦。里堂曰：「偕老，夫婦之辭。」便以此「常例」，斷《正義》與《箋》說之不妥。

六　從上下文之語境解析

如「楚楚者茨，言抽其棘」條：

> 《傳》：「楚楚，茨棘貌。抽，除也。」《箋》云：「茨，蒺藜也。伐除蒺藜與棘。茨言楚楚，棘言抽，互辭也。」
> 循按：毛言「茨棘貌」，即謂茨之棘也。《方言》：「凡草木刺人，江湘之間謂之棘。」然則棘為有束者之通名，此棘則茨之棘也。《箋》以茨與棘為兩物，於經文「其」字為不達。（頁344）

案：本條見〈小雅・楚茨〉。從上下文觀之，「言抽其棘」正承上句「楚楚者茨」[12]而來。故下句之「其」，即指上句之「茨」。焦循曰：「《箋》以茨與棘為兩物，於經文『其』字為不達。」正取決於「上下文之文義」。

---

9 《十三經注疏・毛詩注疏》，頁136。
10 《十三經注疏・毛詩注疏》，頁110。
11 《十三經注疏・毛詩注疏》，頁89。
12 《十三經注疏・毛詩注疏》，頁454。

七　以目驗之法求解

如「中谷有蓷，暵其乾矣」條：

《傳》：「暵，菸貌。陸草生於谷中，傷於水。」
循按：《正義》云：「蓷草宜生高陸之地，今乃生於谷中，為谷
水浸之，故乾燥而將死。」竊疑水浸何轉乾燥將死。《正義》
又云：「由菸死而至於乾燥，以暵為菸也。」其三章「暵其濕
矣」，《箋》云：「雖之傷於水，始則濕，中而脩，久而乾。」
其說亦不明。余自壬戌家居，棲遲湖水之間，每歲水溢。凡花
草蔬稻之類，水溢滅頂者，即爛盡，惟高出於水，枝葉浮於水
外，華而秀，秀而實，隨水而長，不遽爛死。俟水退去，或踣
或立，值秋陽暴之，則立時枯委。目驗十數年，乃知凡草穀傷
於水者，不菸於濕，而菸於乾。因歎詩人詠物之工。（頁290-
291）

案：本條見〈王風·中谷有蓷〉。此從與《詩》中所敘相同之情
境中，觀察植物傷於水的種種實況去檢驗《箋》與《正義》之說。此
種方法，據里堂〈毛詩草木鳥獸蟲魚釋自序〉指出，係六歲時，啟蒙
於父親之機會教育，「泛舟湖中，先君子指水上草，謂循曰：『是所謂
參差荇菜，左右流之者也。』」受此啟發，「遂時時俯察物類，以求合
風人之旨」。[13]

13　《焦循詩文集·雕菰集·毛詩草木鳥獸蟲魚釋自序》，上冊，頁300。

八　利用右文進行詁解

如「一發五豝」條：

> 《傳》：「豕牝曰豝。」
> 循按：《說文》云：「豝，豕牝也。一曰二歲能相把持
> 也。」……豝為把持之義，而豕牝同其稱者。《說文》：「己承
> 戊，象人腹。」「巴，蟲也，或曰食象蛇。象形。」巴能食
> 象，其腹必大。其字為腹中有物之形。《爾雅》：「蚆，博而
> 頯。」郭《注》云：「中央廣，兩頭銳。」此以形同大腹，故
> 得蚆稱。手之把物，猶腹之吞物而大，故把取義於巴。《方
> 言》：「箭鏃廣長而薄廉謂之錍，或謂之鈀。」《廣韻》：「鈀，
> 《方言》：『江東呼鎞箭。』」此亦以鏃形中闊如大腹狀也。豕
> 本大腹，而牝豕之腹尤大。二歲之豕大腹著見，故稱豝。而牝
> 豕亦稱豝，亦義之相通者也。（頁261-264）

案：本條見〈召南・騶虞〉。「右文」現象，存在於形聲字中，首
由晉人楊泉肇其端。正式以「右文」標其說者，則為北宋王子韶。[14]
一般說來，形聲字是以形符表義，聲符表聲。但是其中有一類，形符
卻只標誌所屬類別（如從水、從金，知其為水類、金類），其真正意
涵，則由聲符決定，所謂「聲符兼義」（蓋聲符多在右，故稱為右
文）。因為「右文」是以聲符表義，所以聲符相同之右文，其義必相
通（來自同一義源）。此一現象，里堂深有契會，其〈釋讓〉一文，

---

14 有關右文說之提出與發展，詳沈兼士撰：〈右文說在訓詁學上之沿革及其推闡〉，《沈
　兼士學術論文集》（北京市：中華書局，1986年），頁83-120。

沈兼士氏嘗推崇為相當可觀之右文推闡之作。[15]而《毛詩補疏》中，里堂更將「右文」運用於古書之詁解。上引「一發五豝」條中，焦循繫聯了聲符同從「巴」之「豝」、「把」、「鈀」等字，進而舉證它們不僅以巴為聲符，更皆從「巴」得義，具有「中闊如大腹」之共義，[16]以此闡發《傳》「豕牝曰豝」之因——豕牝以其「腹部特大」故名為「豝」，「豝」亦從「巴」得聲得義。與「豝」、「把」「鈀」音義同源。

九　從上下句意義相應之詞彙判解

如「具曰予聖，誰知烏之雌雄」條：

> 《傳》：「君臣俱自謂聖也。」《箋》云：「時君臣賢愚相同，如烏雌雄相似，誰能別異之乎。」
> 循按：「誰」字與「具」字相承。君臣俱自謂「予聖」，聖則通矣。究竟烏之雌雄誰能知之。《箋》以烏比君臣，恐非毛義。
> （頁338）

案：本條見〈小雅·正月〉。焦循特指出「具曰予聖」之「具」，與下文「誰知烏之雌雄」[17]之「誰」具有義脈相承之關係；後句之詰問，正嘲諷前句「俱自謂聖」之君臣，以此判《箋》以「烏雌雄相

15 〈右文說在訓詁學上之沿革及其推闡〉，《沈兼士學術論文集》，頁97-99。
16 如舉《說文》：「巴，蟲也。或曰食象蛇。」（《說文解字注》，頁748）（里堂曰：「其腹必大，其字為腹中有物之形。」）《爾雅》：「豝，博而頯。」郭璞《注》：「頯者，中央廣，兩頭銳。」（《十三經注疏·爾雅注疏》，頁167）《方言》：「箭鏃廣長而薄廉謂之錍或謂之鈀。」（《景印文淵閣四庫全書·方言》，冊221，頁339）
17 《十三經注疏·毛詩注疏》，頁399。

似」比擬「君臣賢愚相同」[18]非《傳》義。

十 援外證以說解

如「是伐是肆」條：

> 《傳》：「肆，疾也。」《箋》云：「肆，犯突也。《春秋・傳》曰：『使勇而無剛者肆之。』」
>
> 循按：……以「犯突」訓「肆」，正是申毛。《隱九年傳》「使勇而無剛者嘗寇而速去之」，《文十二年傳》「若使輕者肆焉」，以「肆」字代「嘗寇而速去」，正是以「速」明「肆」，即毛以「疾」訓「肆」之義。……《周禮・環人・疏》引《文十二年傳・注》云：「肆，突。言使輕銳之兵往驅突晉軍。」此《注》不知何人，蓋賈服之遺。訓「肆」為「突」，古有此義，故鄭以為「犯突」。（頁359）

案：本條見〈大雅・皇矣〉。焦氏取《左傳・隱公九年》「使勇而無剛者嘗寇而速去之」、[19]《文公十二年傳》「若使輕者肆焉」[20]句義相類之外證之相對比，以及《周禮・環人・疏》所引《左傳・文公十二年》「肆、突。言使輕銳之兵往驅突晉軍」之《注》，[21]以佐明《箋》云「肆，犯突也」正申《傳》「肆，疾也」之義。

---

18 《十三經注疏・毛詩注疏》，頁399。
19 《十三經注疏・左傳注疏》，頁76。
20 《十三經注疏・左傳注疏》，頁331。
21 《十三經注疏・周禮注疏》，頁460。

十一 結合相類句式之內證與外證以辨解

如「況也永歎」條：

> 《傳》：「況，茲。」《箋》云：「雖有善同門來茲，對之長歎而已。」
> 循按：〈出車〉，《箋》解「僕夫況瘁」云：「況，茲也。御夫則茲益憔悴。」用此《傳》之訓而申云「茲益」，則是況之訓為滋益。「滋」、「茲」皆有「益」義也。〈邶風‧泉水〉：「茲之永歎」，以此《傳》推之，「茲之永歎」猶云「況也永歎」。乃〈泉水〉，《箋》云：「茲，此也，思此而長嘆。」此《箋》云「來茲對之長歎而已」，雖用《傳》訓「況」為「茲」，而仍解「茲」為「此」，則與《傳》異義也。〈晉語〉丕鄭對里克曰：「今子曰中立，況固其謀。」韋昭《注》云：「況，益也。」《孟子》：「而況得而臣之乎！」言友且不可，而益而為臣，得乎？即滋益不止之辭。（頁324、325）

案：本條見〈小雅‧常棣〉。焦循取〈邶風‧泉水〉「茲之永歎」[22]與本條「況也永歎」[23]相較；兼用《國語‧晉語》「況固其謀」，韋昭《注》：「況，益也」、[24]以及〈小雅‧出車〉「僕夫況瘁」，《箋》云：「況，茲也，御夫則茲益憔悴」[25]為佐，辨「況也永歎」之「況」，「況，茲也」之「茲」，仍當訓為「茲益」，而非如鄭《箋》詁為「此」。

---

22 《十三經注疏‧毛詩注疏》，頁102。
23 《十三經注疏‧毛詩注疏》，頁321。
24 〔春秋〕左丘明：《國語》（臺北市：里仁書局，1981年），頁287。
25 《十三經注疏‧毛詩注疏》，頁338。

十二　綰合異文、內證與外證以解詁

如「北山有萊」條：

> 《傳》：「萊，草也。」
> 循按：《爾雅》：「釐，蔓華。」《說文》：「萊，蔓華也。」
> 「萊」、「釐」古字通。《詩》「貽我來牟」，劉向〈封事〉引作
> 「貽我釐牟」。《書》「帝告、釐沃」，一作「來沃」是也。
> 「釐」即「藜」。故《玉篇》以「藜」訓「萊」。〈月令〉：「孟
> 春行秋令，藜莠蓬蒿並興。」《管子·封禪篇》云：「嘉禾不
> 生，而蓬蒿藜茂。」蓋田畝荒穢，故生此諸草。〈十月之交〉
> 言「汙萊」，《周禮·地官》言「萊田」。蓋不耕治，則荒草生
> 藜莠之類也，言「萊」以概諸草。《正義》以為「草之總名」，
> 則非矣。（頁328、329）

　　案：本條見〈小雅·南山有臺〉。焦循先取《爾雅》「釐，蔓
華」[26]，《說文》釐作「萊」[27]；〈周頌·思文〉「貽我來牟」[28]、劉向
（西元前79-前8）〈條災異封事〉引作「釐牟」[29]等異文，以及《玉
篇》以「藜」訓「萊」說明「釐、藜、萊」古字通。[30]復引〈小雅·
十月之交〉「汙萊」[31]之內證，以及《周禮·地官》「萊田」[32]、〈禮記·

26　《景印文淵閣四庫全書·爾雅注疏》，冊221，頁160。
27　《說文解字注》，頁46。
28　《十三經注疏·毛詩注疏》，頁720。
29　董治安主編：《兩漢全書》（濟南市：山東大學出版社，2009年），冊9，頁5661。
30　《玉篇校釋》，冊3，頁2648。
31　《十三經注疏·毛詩注疏》，頁408。
32　《十三經注疏·周禮注疏》，頁204。

月令〉「孟春行秋令，藜莠蓬蒿並興」[33]，以及《管子・封禪篇》「嘉
禾不生，而蓬蒿藜茂」[34]等外證，以闡明《傳》「萊，草也。」[35]係以
「萊」概稱「藜莠蓬蒿」等荒草，而非《正義》所言「草之總名」。[36]

十三　綰合經驗法則、內證與外證以解詁

如「誰謂河廣，一葦杭之」條：

> 《傳》：「杭，渡也。」《箋》云：「誰謂河水廣歟？一葦加之則
> 可渡之，喻狹也。」
> 循按：古今無以葦作舟之理。「一葦杭之」，謂一葦之長，即自
> 此岸及彼岸耳。下言「不容刀」，刀為小船，言河之廣尚不及
> 刀之長，非謂乘刀而渡，則不謂乘葦而渡益顯然矣。「渡」與
> 「度」通。《廣雅》與「贏」、「俓」同訓「過」。以葦度河，非
> 以葦渡人。《正義》云：「言一葦者，謂一束也，可以浮之水上
> 而渡，若桴筏然，非一根葦也。」既失經義，亦失毛、鄭之
> 義。《箋》言「喻狹」，則所謂「一葦加之則可以渡之」者，明
> 謂加一葦於河即可俓過，未嘗言人乘於葦而浮於河也。束葦果
> 可如筏，則廣亦可浮，何為喻狹邪？（頁287、288）

案：本條見〈衛風・河廣〉。「一葦杭之」，《傳》釋「杭」為
「渡」。《正義》解之為「以一束葦浮之水上而渡」，[37]焦循則兼取「古

---

33 《十三經注疏・禮記注疏》，頁289。

34 安井衡：《管子纂詁》（臺北市：新文豐出版股份有限公司，2001年），卷16，頁12。

35 《十三經注疏・毛詩注疏》，頁347。

36 《十三經注疏・毛詩注疏》，頁347。

37 《十三經注疏・毛詩注疏》，頁139。

今無以葦作舟」之經驗法則，以及次章「誰謂河廣，曾不容刀」，刀
為「小船」，[38]「不容刀」即「容不下一條小船」之內證，與「一葦杭
之」對較；復取「杭，渡也」，「渡」與「度」通，《廣雅》：「度、
贏、俓、過也」[39]之外證，加證「一葦杭之」之義當即《箋》所云：
「一葦加之則可渡之，喻狹也」[40]。故謂《正義》之說誤矣。

十四　綰合上下文義與外證以辨解

如「臨其穴，惴惴其慄」條：

> 《傳》：「惴惴，懼也。」《箋》云：「秦人哀傷奄息之死，臨視
> 其壙，皆為之悼慄。」
> 循按：三良之死以為自殺者，應劭注《漢書》云：「秦穆公與
> 群臣飲酒酣，言曰：『生共此樂，死共此哀。』於是奄息、仲
> 行、鍼虎許諾。及公薨，皆從死。」《箋》謂三良自殺從死，
> 故以惴惴為秦人臨視其壙者為之悼慄。然《序》稱穆公以人從
> 死，則殺三良者乃穆公。《左傳》亦言以子車氏之三子為殉，
> 與《序》合。毛訓「惴惴」為「懼」，自謂三良。若秦人臨三
> 良之壙，止宜哀不必懼。誠是三人許諾自殺，且已死而臨其
> 壙，何欲百身以贖之？《左傳》言秦收其良以死君子，知秦之
> 不復東征。秦蒙毅對使臣云：「昔者秦穆公殺三良而死，故立
> 號曰繆。」三子非自殺審矣。（頁315-316）

38　《十三經注疏・毛詩注疏》，頁139。

39　《廣雅詁林》，頁274。

40　《十三經注疏・毛詩注疏》，頁139。

案：本條見〈秦風‧黃鳥〉。原詩句有云：「交交黃鳥，止于棘。誰從穆公，子車奄息。維此奄息，百夫之特。臨其穴，惴惴其慄，彼蒼者天，殲我良人。如可贖兮，人百其身。」[41]焦氏曰：「毛訓『惴惴』為『懼』，自謂三良。若秦人臨三良之壙，止宜哀不必懼。」此說明「臨其穴」一句中雖未明言主語謂誰，然下句「惴惴」訓為「懼」，實已對上句之主語作出制約，應指三良：復取《詩序》、《左傳》之說，[42]內外相證以辨三良乃被殺而非自殺從死。

十五　綰合目驗實物及書面材料以解詁

如「芄蘭之支」條：

> 《傳》：「芄蘭，草也。」《箋》云：「芄蘭柔弱，恆蔓延於地，有所依緣則起。」
> 循按：息夫躬〈絕命辭〉云：「涕泣流兮萑蘭。」張晏云：「萑蘭，草也，蔓延於地，有所憑依則起。」臣瓚云：「萑蘭，泣涕闌干也。」此芄蘭指淚，而張晏直引毛、鄭解之。蓋芄蘭者，從橫四出之態，故「淚之出」，「草之蔓」皆有此名。芄蘭猶云汍瀾也。見陸士衡〈弔魏武帝文〉。《太玄經》：「陽氣親天，萬物丸蘭。」此正蔓延之稱矣。余嘗求之田野間，有所謂「麻雀棺」者，蔓生，葉長二寸，橢圓上銳、藤柔衍，斷之白汁出，實狀如秋葵實而夬，霜後枯破，內盈白絨。準之《本草》諸家之說，此為「芄蘭」也。「雀棺」乃「雀瓢」之遺

---

41 《十三經注疏‧毛詩注疏》，頁243。

42 《詩序》之說見《十三經注疏‧毛詩注疏》，頁243。《左傳》之說見〈文公六年〉（《十三經注疏‧左傳注疏》，頁314）

稱，而「棺」音同「莞」，《爾雅》名「蓷」，《說文》名「莞」
也。（頁287）

　　案：本條見〈衛風・芄蘭〉。焦循取田野間所目見之植物「麻雀棺」之生長形態以輔助說明《傳》、《箋》之詁；[43] 兼彙引《漢書・息夫躬傳・絕命辭》之「涕泣流兮萑蘭」[44]、《文選・弔魏武帝文》之「涕垂睫而汍瀾」[45]、以及《太玄經》之「萬物丸蘭」[46]等用例，佐證經由「芄蘭」蔓生之習性而衍生出「淚之縱橫四出」或「物之蔓延」等引申義。而「芄蘭」、「萑蘭」、「汍瀾」等詞之通用，亦可見早期用語但重其音，不拘字形之實情。

十六　運用方言土語與書面材料進行解詁

　　如「關關雎鳩」條：

　　　　《傳》：「雎鳩，王雎也。」
　　　　循按：或以猛鷙說之，謂王雎為鵰鷲。《廣雅》鶚、鷲、雕三者為一。陸璣以雎鳩為幽州之鷲。郭璞以為江東之鶚，因以為雕類乃江東食魚之鶚，非鵰鷲之鶚也。……《史記・李將軍傳》「射雕」，《索隱》訓為鶚，又引《說文》「鷲」以明之，又云：「以其毛作矢羽。」……顏師古曰：「就，大雕也，黃頭赤

43　《十三經注疏・毛詩注疏》，頁137。
44　施之勉：《漢書集釋》（臺北市：三民書局，2003年），冊11，頁5524。
45　〔梁〕蕭統撰，〔唐〕李善等註：《增補六臣註文選》（臺北市：華正書局，1979年），頁1119。
46　《景印文淵閣四庫全書・太玄經》，冊803，頁36。

目，其羽可為箭竿。」此所謂幽州之鷲也。《穆天子傳》云：
「……青雕，執犬羊，食豕鹿。」郭璞《注》云：「今之雕亦
能食麈鹿。」其《蒼頡解詁》云：「鶚，金喙鳥也，能擊殺麈
鹿。」此所謂雕鶚，正西域之鷲。郭氏自不以為江東食魚之
鶚。而張守節《史記・正義》取而混合之，云：「王雎，金口
鶚也，好在江渚山邊食魚。」誤矣。然則江東之鶚何鶚也？嘗
求之大江南北，有好居渚沚食魚者，正呼為「鶚」，為「五各
反」，即「王」之入聲。蓋緩呼之為「王雎」，急呼之為
「鶚」，此古之遺稱尚可求諸土語者。郭氏以其呼近「鶚」，故
假借諸雕鶚之字，曰「今江東呼之」，則不曰「西域呼之」，可
知也。洲渚之鶚亦不一類，……有白如鷺者，或以為「白鶴
子」。「鶴」與「鶚」聲近，假「鶴」之稱而實非「鶴」，猶假
「鶚」之稱而實非「鶚」也。有尾上白，兩翼微黑者，稱「漂
鶚」，……微小而黑者稱「苦鶚」，即「姑惡」也。「漂鶚」又
名「魚鷹」，以其善翔，故曰「漂」。「漂」與「揚」之義同，
此「白鷺」所以有「揚」之稱與！尾短，飛則見尾之上白，斯
所以稱「白鷺」也。其飛翔之狀似鷹，故食魚而獨得鷹名。
《古今注》以為「似鷹，尾上白」，而《說文》以「王雎」訓
「白鷺」，信有然矣。宋王性之《默記》云：「李公弼初任大名
府檢驗，村落見所謂魚鷹者，飛翔水際，問小吏，曰：『此關
雎也。』^{宜曰：「此雎鳩。」}仲修令探取其窠，皆一窠二室，蓋雌雄各異
居也。」鶚、鶴、惡皆假借字，皆讀「五各反」，為「王」之
入聲。不知「鶚」為假借字，竟以「王雎」為雕鷲，……失之
矣。（頁243-244）

案：本條見〈周南・關雎〉。在這則釋文中，方言土語的訪查、掌握，破解了拘執於字形的迷障，成為還原實情之關紐。「嘗求之大江南北，有好居渚沚食魚者，正呼為鶚，為『五各反』，即『王』之入聲，蓋緩呼之謂『王雎』，急呼為『鶚』。」焦氏指出，毛《傳》「雎鳩，王雎也」[47]之「王雎」，其名來自於「五各反」之音之緩讀。里堂復根據土語中於此類食魚者又有「漂鶚」、「魚鷹」、「白鷺」之名，證之以《說文》、《古今注》、《默記》等書面材料，[48]斷定「王雎」應如郭璞所言，為江東食魚之鶚，而非陸璣、張守節所指之食麕鹿之雕鷲之鶚。[49]至於陸璣等之誤，則出於「望文生義」，不知「五各反」之呼，係音近「鵰鶚」之「鶚」，同音借用而已，一如「洲渚之鶚……有如白鷺者，或以為白鶴子。鶴與鶚聲近，假鶴之稱而實非鶴；猶假鶚之稱而實非鶚也」。

十七　綰合土宜、異文以及相關外證以辨析

如「有條有梅」條：

《傳》：「條，槄。梅，柟也。」

循按：《爾雅・釋木》云：「柚，條。」《說文》亦云：「柚，條

47　《十三經注疏・毛詩注疏》，頁20。

48　《說文》：「鶚，白鷺，王雎也。」（《說文解字注》頁156。）崔豹《古今注》曰：「揚，白鷺也，似鷹，尾上白。」（《景印文淵閣四庫全書・古今注》，冊850，頁106）王銍《默記》云「李公弼初任大名府檢驗，村落見所謂魚鷹者，……問小吏，曰『此關雎也。』」（《景印文淵閣四庫全書・默記》，冊1038，頁344）

49　陸璣《毛詩草木鳥獸蟲魚疏》曰：「雎鳩，……幽州人謂之鷲。」（《景印文淵閣四庫全書・毛詩草木鳥獸蟲魚疏》，冊70，頁13）《史記・孔子世家》「關雎之亂」，張守節《正義》曰：「王雎，金口鶚也。」（《史記》，冊3，頁1937）

也，似橙而酢。」毛《傳》作「梄」。以詩考之，詩為〈秦風〉，宜詠其土地所出。柚貢於揚州，渡淮而北，即化為枳，作「梄」為是。又以《說文》考之，古「由」、「㕱」二字相通。〈鄭風〉「左旋右抽」，《說文·手部》引之作「左旋右㧺」。然則從「㕱」、從「由」本可相通。《廣雅》：「迪，蹈也。」「蹈」，從「足」從「㕱」。「迪」，從「辵」從「由」。二字為訓，亦一證矣。《說文》無「梄」而有「柚」，「柚」即「梄」也。別有「欅」字。《列子·湯問》篇言「柚」之狀，字正作「欅」。然則「橘柚」之「柚」宜作「欅」，而「條柚」之「柚」即「梄」字。「條梄」猶「條柚」也。（頁312-313）

案：本條見〈秦風·終南〉。焦循先從秦地在北，無由生長南方之橘柚，判「有條」之「條」，毛《傳》解作「梄」[50]為是。進而徵引〈鄭風〉「左旋右抽」之「抽」又作「㧺」之異文，[51]以及《廣雅》「迪，蹈也」[52]之詁解，證明「由」、「㕱」二字相通，「條柚」實即「條梄」。至於「似橙而酢」之「橘柚」之「柚」，里堂復取《列子·湯問篇》[53]與《說文》對校，謂宜為「欅」之同音借字。《說文》：「柚，條也，似橙而酢。」[54]恐失察之詁。

50 《十三經注疏·毛詩注疏》，頁242。

51 《說文解字注》，頁602。

52 《廣雅詁林》，頁416。

53 《景印文淵閣四庫全書·列子》，冊1055，頁617。

54 《說文解字注》，頁241。

十八　綰合書面語、俗語、聲轉、聲旁之會通以辨解之

如「魴魚頳尾」條：

《傳》：「頳，赤也。魚勞則尾赤。」
循按：《爾雅》：「魴，魾。」「鰫，鰊。」《釋文》引《廣雅》
云：「鰫鰊，魾也。」又引《埤蒼》云：「鰫鰊，魾也」。郭璞
以魴魾為鯿，而鰫鰊未詳。蓋不以鰫鰊為魴魾，與張揖異。
《說文》：「魴，赤尾魚」。崔豹《古今注》云：「白魚赤尾者曰
鮡。」馬縞《中華古今注》作「白魚赤尾曰魟」。《玉篇・魚
部》：「鮡，盰鬼切。魚名。」「魟，呼工切。魚名。」《廣韻・
一東》：「魟，白魚。」以此證之，宜作「魟」。作「鮡」者，
誤也。今水中有一種白魚，尾正赤，俗呼紅燎魚。竊謂「紅」
即「魟」，「燎」即「鰫鰊」之轉聲。《古今注》「白魚赤尾」即
此。而《說文》以魴即鰫鰊，鰫鰊即魟，故以魴為赤尾魚也。
毛不云魴為何魚，而云「勞則尾赤」，是尾赤非魴之本色。蓋
以魴為鯿，不以為鰫鰊也。《說苑・政理篇》云：「夫投綸錯
餌，若有若無若食若不食者，魴也。其為魚也，博而味厚。」
正為今之鯿魚。魴之為鯿，猶關西謂榜為篣。《荀子・議兵篇》
「旁辟私曲之屬」，楊倞《注》云：「旁，偏頗也。」偏之為
旁，又鯿之為魴之證。鯿魚之尾本不赤，毛以魴為鯿也。（頁
255-256）

案：本條見〈周南・汝墳〉。「魴」指何魚，毛《傳》語焉未詳。
郭璞《注》曰：「江東呼魴魚為鯿，一名魾。」[55]蓋以魴、魾為鯿，與

《釋文》所引《爾雅》、《埤蒼》以「鱳鰊」為「魴鱮異。[56]里堂從一種赤尾白魚之俗呼「紅僚」之名，透過：「紅」即「魟」、「僚」即「鱳鰊」語轉之辨析，說明了《廣雅》、《埤蒼》以「鱳鰊」為「鰊」，與《說文》「魴，赤尾魚」[57]正同。然從「鯿魚之尾本不赤」、「魚勞則尾赤」，里堂判定毛《傳》絕不以赤尾之「鱳鰊」為魴；復從《說苑‧政理篇》有關「魴」之書面語[58]與今之實物之相互印證，以及《說文》「關西謂『榜』（從方得聲）為『篇』（從扁得聲）」[59]語轉之事實，論定郭璞以「魴為鯿」之解說，方為毛《傳》所指。

十九　綰合異文、語境與右文詁解

如「齒如瓠犀」條：

> 《傳》：「瓠犀，瓠瓣。」
> 循按：《爾雅》作「瓠棲」。《說文》「棲」、「西」為一字。「棲」通「妻」。妻者，齊也。「簡閱」取乎齊，故〈六月〉「棲棲」為「簡閱貌」。下文「戎車既飭」，飭即齊義也。葉生齊則盛，故梧桐之盛謂之萋萋。因而心之齊一亦謂之萋，「有萋有苴」，《箋》云「盡心力於其事」是也。瓠中之子排列甚齊，故有「棲」稱，《詩》因以比齒之齊也。「犀」、「棲」古多通用，如「棲遲」，〈甘泉賦〉作「遲遲」是也。（頁284）

---

56 《景印文淵閣四庫全書‧爾雅注疏》，冊221，頁199。

57 《說文解字注》，頁582。

58 〔漢〕劉向撰，趙善詒疏證：《說苑疏證》（臺北市：文史哲出版社，1986年），頁189。

59 《說文解字注》，頁192。

　　案：本條見〈衞風·碩人〉。焦循先從《爾雅》之異文，[60]明「瓠犀」即「瓠棲」；復從《廣雅·釋親》「妻者，齊也」，[61]《爾雅》「萋萋，梧桐茂盛」[62]（葉茂則齊），以及〈小雅·六月〉「六月棲棲，戎車既飭」，[63]「棲棲」與「飭」之上下文關係（「飭」有齊整義，毛《傳》釋「棲棲」為「簡閱貌」，[64]「簡閱」相當乎今之「閱兵」，故「取乎齊」），證明從「妻」為右文者，多具「整齊」之共同義素。以此闡明「瓠瓣」之所以名為「瓠犀（棲）」之因由，正緣其排列「整齊」也。

二十　結合異文、聲轉與右文以闡析

　　如「檜楫松舟」條：

> 《傳》：「檜，柏葉松身。」
> 循按：〈禹貢〉作「栝」。「栝」、「檜」一聲之轉。〈君子于役〉，〈傳〉云：「佸，會也。」〈小雅〉「間關」，《傳》云：「括，會也。」《方言》：「秦晉之閒曰獪，或曰姡。」鄭氏〈女祝·注〉云：「禬，刮去也。」《釋名·釋兵》：「矢末曰栝。會也，與弦會也。」〈士喪禮〉以組束髮為鬠，又云括髮以麻。蓋「會」、「括」皆「合」義，所以「收弁」為「會弁」，所以「收囊」為「括囊」。因而合二家之市則為「儈」。「檜」之為木，合松柏二木而得此名，故謂之「檜」，而通於

60　《景印文淵閣四庫全書·爾雅注疏》，冊221，頁149。
61　《景印文淵閣四庫全書·廣雅注疏》，冊221，頁450。
62　《景印文淵閣四庫全書·爾雅注疏》，冊221，頁69。
63　《十三經注疏·毛詩注疏》，頁357。
64　《十三經注疏·毛詩注疏》，頁357。

「栝」也。樅為松葉柏身，亦取叢聚之義。叢聚猶之會合也。
（頁286）

案：本條見〈衞風·竹竿〉。焦循先從〈禹貢〉「檜作栝」[65]之異文、《方言》「獪或曰括」[66]、鄭《周禮·女祝·注》：「檜，刮去也」[67]，明「會」與「舌」具有聲轉通用之關係；復從「佸」、「括」、「栝」皆訓為「會」[68]，而《禮儀·士喪禮·注》「以組束髮」為「鬠」[69]，「收弁」為「會弁」，「收囊」為「括囊」，儈為「合二家之市」[70]，證明凡以具聲轉關係之「會」、「舌」為右文（聲兼義）者，皆具「會合」之共義。以此闡明「檜」之為木，實因「合」松柏二木而得名。

二十一　彙蒐同物異稱佐以通例以資解詁

如「鴟鴞鴟鴞」條：

《傳》：「鴟鴞，鸋鴂也。」
循按：《傳》於「予口卒瘏」下解云：「手病口病，故能免乎大

65　《十三經注疏·尚書注疏》，頁84。

66　《景印文淵閣四庫全書·方言》，冊221，頁297。

67　《十三經注疏·周禮注疏》，頁122。

68　〈王風·君子于役〉「何其有佸」，《傳》：「佸，會也。」（《十三經注疏·毛詩注疏》頁149）〈小雅·車舝〉「德音來括」，《傳》：「括，會也。」（《十三經注疏·毛詩注疏》，頁484）
　　《釋名·釋兵》：「矢末曰栝，栝，會也，與弦會也。」（《景印文淵閣四庫全書·釋名》，冊221，頁416）

69　《十三經注疏·儀禮注疏》，頁420。

70　「儈，合市也。」見丁福保纂：《說文解字詁林》（臺北市：臺灣商務印書館，1966年），冊7，頁3629。

鳥之難。」是《傳》以鴟鴞為小鳥也。《韓詩外傳》云：「鴟鴞，鵽鳩，鳥名也。鴟鴞所以愛養其子者，適所以病之。愛養其子者，謂堅固其窠巢。病之者，不知托於大樹茂枝，反敷之葦蒍，風至蒍折，巢覆，有子則死，有卵則破，是其病也。」《文選‧注》。《說苑》載客說孟嘗君云：「臣嘗見鶌鵴巢於葦之苕，鴻毛著之，已建之安，工女不能為，可謂完整矣。大風至則苕折卵破者，其所托者使然也。」二說相類，而一云鶌鵴，一云鵽鳩，是鵽鳩即鶌鵴也。《荀子‧勸學篇》云：「南方有鳥，名曰蒙鳩，以羽為巢，編之以髮，繫以葦苕。風至苕折，卵破子亡，巢非不完也，所繫者然也。」蒙鳩猶言懷雀。謝侍郎墉云：「蒙鳩，《大戴禮》作『蝥鳩』，《方言》作『蔑雀』。『蒙』、『蝥』、『蔑』一聲之轉，皆謂細也。」侍郎刻《輯校荀子》二十卷。鶌鵴即鶌鷺。《說文》以訓桃蟲，郭璞以為桃雀，故《易林》云：「桃雀竊脂，巢於小枝，搖動不安，為風所吹。」則桃蟲、鶌鵴、鵽鳩一物也。物之以「鳩」稱者，多通名「鵴」。伯趙名「百鵴」，又名「鳩」。蟬名「蛥蚗」，又名「蚖蟉」。此「鶌鵴」一名「鵽鳩」，亦其類矣。（頁319、320）

案：本條見〈豳風‧鴟鴞〉。焦循先彙搜《文選‧注》所引之《韓詩外傳》[71]、以及《說苑》[72]、《荀子》[73]、《易林》[74]等書中皆有「繫其巢於葦苕（蒍）或小枝，致風吹搖動不安，甚或苕折巢破子死」之相

---

[71] 李善《文選‧注》引《韓詩外傳》「鴟鴞托巢葦蒍」，參《昭明文選‧卷四十四‧檄吳將校部曲文》，《增補六臣註文選》，頁829、830。
[72] 「客以鶌鵴巢於葦說孟嘗君」，參《說苑‧善說》，《說苑疏證》，頁307、308。
[73] 「蒙鳩繫於葦苕」，參《荀子‧勸學篇》，《荀子校釋》，上冊，頁9。
[74] 《易林》之說見《景印文淵閣四庫全書‧易林》，冊808，頁308。

同記述，以明鷗鶋、鷾鳩、蒙鳩、桃雀等雖稱名有異，而實指同物；
兼以「百鶔」又名「鳩」[75]、「蚗蛥」又名「蚓蟓」[76]，物之以「鳩」
（夬之音）稱者多名「鶔」（尞之音）之通例，助明「鷾鳩」一名
「鵦鶔」之因。

75　《景印文淵閣四庫全書・大戴禮記》，冊128，頁415。

76　《景印文淵閣四庫全書・方言》，冊221，頁349。

第五章
焦循釋詞例評

　　《毛詩補疏》中，焦循釋詞多以毛《傳》為準，批駁鄭《箋》、《正義》之解詁，其說是否允妥，茲擇例評述之，以為從違之參考。

一　「施于中谷」條

　　《傳》：「興也。施，移也。」《箋》：「興者，葛延蔓于谷中，喻女在父母家，形體浸浸日長大也。」

　　循按：《傳》訓「施」為「移」，故王肅推之云：「葛生于此，延蔓于彼，猶女之當外成也。」與《箋》較之，肅義為長。《正義》合鄭於毛云：「下句『黃鳥于飛』喻女當嫁。若此句亦喻外成，於文為重。毛意必不然。」竊謂此詩之興，正在於重。「葛之覃兮，施于中谷」與「黃鳥于飛，集于灌木」同興女之嫁。葛移于中谷，其葉萋萋，興女嫁于夫家而茂盛也。鳥集于灌木，其鳴喈喈，興女嫁于夫家而和聲遠聞也。盛由於和，其意似疊而實變化，誦之氣穆而神遠。《箋》以中谷為「父母家」，以延蔓為「形體浸浸日長大」，迂矣。毛《傳》言簡而意長，耐人探索，非鄭所能及。（頁246、247）

　　評曰：「施于中谷」語見〈周南・葛覃〉，詩曰：

　　葛之覃兮，施于中谷，維葉萋萋。黃鳥于飛，集于灌木，其鳴

嗜嗜。……[1]

《傳》云：「興也。」[2]若從詩歌創作深度之賞析觀之，《箋》曰：「興者，葛延蔓于谷中，喻女在父母家，形體浸浸日長大也」[3]之「形體浸浸日長大」，本屬司空見慣之自然發育現象，以此解詩，失於平淡寡味。焦循承《傳》「施，移也」，及王肅（195-256）「葛生于此，延蔓于彼，猶女之當外成也」[4]之推述，更進而析之曰：「葛，移于中谷，其葉萋萋，興女嫁于夫家而茂盛也。鳥集于灌木，其鳴嗜嗜，興女嫁于夫家而和聲遠聞也」，並指出「葛之覃兮……維葉萋萋」與「黃鳥于飛……其鳴嗜嗜」兩句組雖皆喻「外成」，似有《正義》所駁之句義複沓，「於文為重」之失；[5]然一寫「和」、一寫「盛」，正點出賢女持家，「家和萬事興」之道理，「其意似疊而實變化」。焦氏之闡發，能使詩味雋永，有助詩旨及創作技巧之展現，愈於《箋》說。

二 「螽斯羽，詵詵兮」條

《傳》：「詵詵，眾多也。」《箋》云：「凡物有陰陽情欲者，無不妒忌，維蚣蝑不耳。」

循按：《箋》本《序》耳。然審《序》文，「言若螽斯」自為句，「不妒忌則子孫眾多」，申言子孫眾多之所以然，非謂螽斯

---

1 《十三經注疏‧毛詩注疏》，頁30。

2 《十三經注疏‧毛詩注疏》，頁30。

3 《十三經注疏‧毛詩注疏》，頁30。

4 《十三經注疏‧毛詩注疏》，頁30。

5 《十三經注疏‧毛詩注疏》，頁30。

之蟲不妒忌也。《傳》但言眾多，亦無螽斯不妒忌之說。（頁
250）

評曰：《箋》之說是否允當，判定之關鍵，確如焦循所指，在於
《詩序》之斷句；蓋鄭玄之解，實從《序》來。《序》云：「〈螽斯〉
后妃子孫多也言若螽斯不妒忌則子孫眾多也。」[6]若「不妒忌」屬上
文，與「言若螽斯」連讀，則「蚣蝑」（《傳》曰：「螽斯，蚣蝑
也。」[7]）便為「不妒忌」之蟲，此正鄭《箋》所採讀。惟清‧王先
謙（1842-1917）曰：「螽斯微蟲，妒忌與否，非人所知，《箋》說因
之而益謬」，[8]明確點出《箋》說之不妥，惟致誤之因則未能勘破。焦
循曰：「『言若螽斯』自為句，『不妒忌則子孫眾多』」，則說明了詩
《序》係以「螽斯之善繁衍」喻「子孫多」，而「不妒忌」係上承
「后妃子孫多也」之句，「申言子孫多之所以然」，非謂「螽斯之蟲不
妒忌也」。如此斷句、詁解，弗論在句法、語義上皆能通說無礙，且
為《詩序》遭後人誤解作出平反。[9]

三　「湜湜其沚」條

《傳》：「涇渭相入而清濁異。」《箋》云：「湜湜，持正貌。」
循按：《說文》：「湜，水清見底。」《傳》言「清濁異」，以湜

6　《十三經注疏‧毛詩注疏》，頁35。

7　《十三經注疏‧毛詩注疏》，頁35。

8　〔清〕王先謙撰，吳格點校：《詩三家義集疏》（臺北市：明文書局，1988年），上
冊，頁35-36。

9　〔清〕王先謙曰：「《序》說『言若螽斯不妒忌，則子孫眾多』，螽斯微蟲，妒忌與
否，非人所知，《箋》說因之而益謬。」（《詩三家義集疏》，頁35）衡以焦說，王氏
可謂厚誣詩《序》。

　　湜為清也，無「持正」義。（頁269）

　評曰：「湜湜其沚」語見〈邶風・谷風〉，詩曰：

　　習習谷風，以陰以雨。黽勉同心，不宜有怒。……行道遲遲，
　　中心有違。……
　　誰謂荼苦？其甘如薺。宴爾新昏，如兄如弟。涇以渭濁，湜湜
　　其沚。宴爾新昏，不我屑以。……不我能慉，反以我為
　　讎。……。[10]

詩寫棄婦之怨之痛，蓋夫以另娶新歡而誣詆棄其舊室。[11]「涇以渭
濁」正取涇、渭之水相況，謂己乃因新歡而遭詆以濁亂事，「湜湜其
沚」正承上句，為己辨解也。[12]
　案：《說文》：「湜，水清見底。」[13]《玉篇》：「湜，水清也。」[14]
而「三家詩『沚』作『止』；《說文》、《玉篇》引《詩》並作『止』。
陳喬樅云：『《白帖》七引《詩》亦作『止』。」[15]「湜湜狀水止貌，故
以為水清見底。水流則易濁，止則常清。」[16]「清」正與上句之

10　《十三經注疏・毛詩注疏》，頁89-92。
11　《序》曰：「〈谷風〉刺夫婦失道也。衛人化其上，淫於新昏而棄其舊室……。」
　　（《十三經注疏・毛詩注疏》，頁89）
12　〔清〕王先謙曰：「毛用沚，借字；三家作止，正字。蓋其夫誣以濁亂事而棄之，
　　自明如此。」《詩三家義集疏》，上冊，頁174。
13　《說文解字注》，頁555。
14　《玉篇校釋》，冊4，頁3587。
15　《詩三家義集疏》，上冊，頁174。
16　〔清〕馬瑞辰撰，陳金生點校《毛詩傳箋通釋》（北京市：中華書局，1989年），上
　　冊，頁132。

「濁」相對反；而下句「不我屑以」，「屑」義為「潔」，[17]亦與「清」義相應。故單就句面及「湜」之本義言之，焦循駁《箋》「湜湜，持正貌」，曰：「《傳》言『清濁異』，以『湜湜』為『清』也，無『持正』義。」其說確當可從。惟《箋》所云，非僅如焦氏所引之「湜湜，持正貌」而已，鄭玄於其後復曰：「喻君子得新昏，故謂己惡也。己之持正守初，如沚然不動搖。此絕去所經見，因取以自喻焉。」[18]是鄭氏之詁係著眼於詩中棄婦之「借景自喻」，「水之清」譬諸人，適見其「持正不阿」，故《箋》云「湜湜，持正貌」，就詩人「取譬」觀之，似亦可以成立；果如是，則可視為申毛之說，非異毛矣。

四　「匪車不東」條

> 《傳》：「不東，言不來東也。」《箋》云：「女匪有戎車乎？何不來東迎我君而復之。」（頁271）

「靡所與同」條

> 《傳》：「無救患恤同也。」
> 循按：毛義若曰「匪是車之不東，是不救患恤同也」。《箋》解「匪車」迂曲，毛義不如是。（頁271）

---

17 〔清〕王先謙曰：「趙歧《孟子章句》十三云『屑，潔也。』《詩》云：『不我屑已。』以、已古通。……〈江有汜〉、〈擊鼓〉《箋》並云：『以猶與也。』《論語‧述而篇》：『與其潔也。』『不我潔以』猶言『不與我潔』。以清潔而受污濁之名，可傷之甚也。」（《詩三家義集疏》，頁174）

18 《毛詩注疏》，頁90。

評曰:「匪車不東,靡所與同」句見〈邶風‧旄丘〉三章,文曰:

狐裘蒙戎,匪車不東。叔兮伯兮,靡所與同。[19]

《箋》曰:「刺衛諸臣形貌蒙戎然,但為昏亂之行。女非有戎車乎?何不來東迎我君而復之。」[20]是「匪車不東」之「匪」,《箋》釋為「非」。案「匪車不東」之句式與〈檜風‧匪風〉「匪風發兮,匪車偈兮」以及〈小雅‧四月〉「匪鶉匪鳶,翰飛戾天」、「匪鱣匪鮪,潛逃于淵」等相類;[21]毛《傳》於「匪風發兮,匪車偈兮」詁曰:「發發飄風,非有道之風。偈偈疾驅,非有道之車。」[22]是《傳》訓「匪風」、「匪車」之「匪」亦為「非」,且添加「有道」二字為注;惟「風」、「車」之為物,實無「有道」、「無道」之分,《傳》詁顯然不妥。「匪」古音幫毌,微部;「彼」古音幫毌,歌部,[23]音近可通假。[24]「匪風」、「匪車」、「匪鶉」、「匪鳶」之「匪」,皆當讀為「彼」,[25]始義順理通;「匪車不東」句亦然,「匪車」者,「彼車」也,[26]《箋》之

---

19 《十三經注疏‧毛詩注疏》,頁94。

20 《十三經注疏‧毛詩注疏》,頁94。

21 分見《十三經注疏‧毛詩注疏》,頁265、443。

22 《十三經注疏‧毛詩注疏》,頁265。

23 《漢字古音手冊》,頁153。

24 如《左傳‧襄公八年》引《詩》曰:「如匪行邁謀,是用不得于道。」杜預注:「匪,彼也。」(《十三經注疏‧左傳注疏》,頁521)案「如匪行邁謀,是用不得于道」句見〈小雅‧小旻〉三章,與四章「如築室于道謀,是用不潰於成」相較,「匪,彼也」之說可從,鄭《箋》「詁匪為非」(《十三經注疏‧毛詩注疏》,頁413)實誤。

25 詳參馬瑞辰:《毛詩傳箋通釋》,上冊,頁430之說解。

26 馬瑞辰曰:「匪、彼古通用,《廣雅》:『匪,彼也。』」「匪車不東」即「彼車不東」也。(《毛詩傳箋通釋》上冊,頁143)

詁實有「增字為注」之弊。焦循謂《箋》解「『匪車』迂曲」，殊不知已從毛《傳》解「匪」為「非」、「匪車」為「非是車」，誤與《箋》小異而大同。

五　「有懷于衛，靡日不思」條

《箋》：「懷，至也。」
循按：《傳》不訓「懷」字義，以「懷」為「思」耳。有思于衛，靡日不思。訓「懷」為「至」，轉不達矣。（頁272）

評曰：焦氏此條之駁，乍看似可成立，實則有斷章誣人之嫌，蓋《箋》云「懷，至也」之下，猶有下文：「以言我有所至念於衛，我無日不思也。所至念者，謂諸姬諸姑伯姊。」[27]鄭氏顯以「懷，至也」之「至」為「思念」之意，故曰「至念」。「至」解為「念」，蓋與「志」音同義通；《論語・泰伯》：「子曰：三年學，不至於穀，不易得也。」朱熹《四書集注》「至，疑當作志。」[28]劉寶楠《論語正義》「疑古至、志二文通也。」[29]《荀子：儒效》：「行法至堅，不以私欲亂所聞，如是則可謂勁士矣。」王先謙《荀子集解》：「荀書至、志通借。」[30]《韓詩外傳》卷三引「行法至堅」，「至」正作「志」，[31]皆可為證。馬瑞辰曰：「《箋》訓懷為至，云『有所至念于

27　《十三經注疏・毛詩注疏》，頁101。

28　《四書集註》，頁106。

29　《論語正註》，上冊，頁106。

30　〔唐〕楊倞注，〔清〕王先謙集解：《荀子集解》（臺北市：世界書局，1955年），頁112。

31　〔漢〕韓嬰撰，許維遹校釋：《韓詩外傳校釋》（北京市：中華書局，1980年），頁84-85。

衞』，『至』與『思』義正相通。心之所至即為思，猶心之所之謂之志也。」[32]亦可見《箋》：「懷，至也。」亦即焦氏「以懷為思耳」，並無不妥。

六 「考槃在澗」條

《傳》：「考，成。槃，樂也。」《箋》：「有窮處成樂在於此澗者。」

循按：《國語》：「成，德之終也。」鄭康成注「〈蕭韶〉九成」云：「成猶終也。」「成」字與下「獨」字相貫，謂「終樂於澗阿而不出」也。刺莊公之意全在「考」、「獨」二字，詠之自見。言此終樂於澗阿者，碩人之寬大也，碩人之進於德也。《說文》：「諼，詐也。」欺詐為「諼」之本義。毛不訓釋者，用本義也。當時衞國在朝之臣相率而為欺詐，惟此碩人不肯與同群，所以至於以「獨寐寤言」自矢也。詩言此碩人所以以「獨寐寤言」自矢者，由於弗諼詐也。弗諼詐，所以無所過、無所告也。《箋》言「窮處成樂」，已於詩意不達；至以「寬」為「虛乏」，「弗諼」為「不忘君惡」，「藚」為「飢」，「軸」為「病」全非詩意。而《正義》乃云「毛《傳》所說不明」，妄矣。（頁283）

評曰：〈衞風·考槃〉一詩，《序》曰：「刺莊公也。不能繼先公之業，使賢者退窮處。」[33]而《傳》曰：「考，成。槃，樂也。」[34]

---

32 《毛詩傳箋通釋》，上冊，頁147-148。

33 《十三經注疏·毛詩注疏》，頁128。

34 《十三經注疏·毛詩注疏》，頁128。

《箋》詁「考槃在澗」為「有窮處成樂在於此澗者」，[35]實綰合《序》與《傳》之意；焦循曰：「《箋》言『窮處成樂』，已於詩意不達」，其駁不宜。至《箋》釋「寬」為「虛乏」，「薖」為「飢」，「軸」為「病」，[36]衡諸詩文：

> 考槃在澗，碩人之寬。獨寐寤言，永矢弗諼。
> 考槃在阿，碩人之薖。獨寐寤言，永矢弗過。
> 考槃在陸，碩人之軸。獨寐寤宿，永矢弗告。[37]

「考槃」（成其隱居之樂）實為詩旨之核心，[38]「虛乏之色」、「不忘君惡」、「飢」、「病」確難符「考槃」之旨；焦謂《箋》「全非詩意」，其說可從。惟里堂釋「諼」為「詐」、「弗諼」為「弗諼詐」，並謂「在朝之臣相率而為欺詐，惟此碩人不肯與同群……弗詐諼，所以無所過、無所告」，則有待商榷：以用例觀之，《詩》中無見「詐」、「欺」字，[39]「欺詐」之意則有「詭隨」之用，[40]而無及「諼」字者。《詩》

35　《十三經注疏・毛詩注疏》，頁128。

36　《十三經注疏・毛詩注疏》，頁128。

37　《十三經注疏・毛詩注疏》，頁128-129。

38　〔宋〕朱熹曰：「美賢者，隱處澗谷之間而碩大寬廣，無戚戚之意。」（氏著《詩集傳》，《詩經要籍集成》，冊6，頁171）〔清〕顧鎮於此詩亦曰：「世固有隱而弗成者，無真樂斯弗成矣，無可隱斯弗樂矣。成其樂乃所以成其隱也。」（氏著《虞東學詩》，《景印文淵閣四庫全書》，冊89，頁431）〔宋〕嚴粲更就詩之上下文義判云：「舊說以『弗諼』、『弗過』、『弗告』皆為賢者猷猷不忘君之意，……但與上文槃樂、寬大之意不類。故此詩不過極言賢者山林之樂。」（氏著《詩緝》、《詩經要籍集成》，冊9，頁90）

39　十三經辭典編纂委員會編：《十三經辭典・毛詩卷・部首檢字表》（西安市：陝西人民出版社，2002年），頁25欠部及頁32言部。

40　「詭隨」一詞見於〈大雅・民勞〉「無縱詭隨」（共五見。《十三經辭典・毛詩卷・詞語索引》，頁894）。王引之曰：「詭隨謂讒諂謾欺之人。」（氏撰《經義述聞》，

中「諼」字四見；除「永矢弗諼」外，尚有〈衛風・淇奧〉「有匪君子，終不可諼兮」（二見），〈衛風・伯兮〉「焉得諼草」[41]，毛《傳》皆訓「諼」為「忘」[42]（符合各該詩之語境），與「永矢弗諼」之「諼」同。[43] 復就詩旨言之，全詩重在「隱遯之樂」之一倡三歎，凡俗塵囂、人世險惡，隱遯之後，當已無著於心，可謂遠離顛倒夢想，無罣無礙；盈懷者，惟此明月清風、取之不竭用之不盡之歡愉；故斯樂「永矢弗忘」。[44] 若仍措意於「諼詐」，且為之「自矢弗與彼輩小人同」，則何「考槃成樂」之有？《箋》之「不忘君惡」固非詩意、不可取；里堂釋為「弗諼詐」，恐亦未能點出〈考槃〉詩之真義。

七 「甘心首疾」條

> 《傳》：「甘，厭也。」《箋》云：「我念思伯，心不能已，如人心嗜欲所貪口味，不能絕也。」
>
> 循按：厭之訓為飽為滿。首疾，人所不滿也。思之至於首疾，而亦不以為苦，不以為悔，若如是思之而始滿意者，此毛義也。甘心至首疾而不悔，則思之不已可知。雖首疾而心亦甘，則其思之如貪口味可知。鄭申毛，非易毛也。（頁288）

《詩經要籍集成》冊29，頁96）馬瑞辰亦舉證贊同王說。（《毛詩傳箋通釋》，下冊，頁920）

41 《十三經辭典・毛詩卷》，頁898。

42 分見《十三經注疏・毛詩注疏》，頁127、頁140。

43 〔清〕胡承珙注〈考槃〉詩曰：「『弗諼』、『弗過』，毛皆無傳。『諼』之訓『忘』，已見〈淇奧・傳〉，以近在前篇，可不復出。」見氏撰，郭全芝校點：《毛詩後箋》（合肥市：黃山書社，1999年），上冊，頁288。

44 〔宋〕朱熹注「弗諼」曰：「不忘此樂也。」（《詩集傳》，《詩經要籍集成》，冊6，頁171）〔清〕胡承珙曰：「《疏》引王肅述毛以『弗諼』為『不忘先王之道』，則不如以『不忘此樂』者為近。」（《毛詩後箋》，上冊，頁288）

　　評曰：「甘心首疾」見於〈衞風・伯兮〉。《傳》釋「甘」為「厭」，焦循謂「思之至於首疾，而亦不以為苦，不以為悔，若如是思之而始滿意者，此毛義也」，是以《傳》所釋之「厭」為「飽」為「滿」、為「厭」之本義。[45]惟比對該三章之「願言思伯，甘心首疾」與其下之「焉得諼草，言樹之背。願言思伯，使我心痗」，[46]「甘心首疾」之義當與「使我心痗」相近同；《傳》曰：「痗，病也。」[47]是「思伯」令「婦心苦痛不已」，至有「焉得諼草」之嘆，欲忘此憂苦（《傳》曰：「諼草，令人忘憂」[48]）；若依焦說「不以為苦，不以為悔」，則前後扞格矣。馬瑞辰謂：「厭」為「厭足」之「厭」，引申為「厭倦」、「厭苦」；復據《左傳・成十三年》「諸侯備聞此言，斯是用痛心疾首」，[49]「痛心疾首」與此「甘心首疾」甚類，以及《漢書・韓信傳・注》「苦，厭也」，[50]《漢書・李廣傳・注》「苦為厭苦之也」，[51]疑此毛《傳》訓「甘」為「厭」，正讀甘為苦，而「厭」為「厭苦」之「厭」。[52]馬氏之解實較焦說副合詩意，其說可從。

45　《說文解字注》，頁204。

46　《十三經注疏・毛詩注疏》，頁140。

47　《十三經注疏・毛詩注疏》，頁140。

48　《十三經注疏・毛詩注疏》，頁140。

49　《十三經注疏・左傳注疏》，頁463。

50　《漢書・韓信傳》：「亭長妻苦之，乃晨炊蓐食。」師古《注》曰：「苦，厭也。」〔漢〕班固撰，〔唐〕顏師古注：《新校漢書集注》（臺北市：世界書局，1973年），冊3，頁1861-1862。

51　《漢書・李廣傳》：「匈奴畏廣，士卒多樂從，而苦程不識。」師古《注》曰：「苦謂厭苦之也。」（《新校漢書集注》，冊3，頁2442）

52　詳參《毛詩傳箋通釋》上冊，頁221之說解。

八 「尚無為」條

《傳》:「尚無成人為。」《箋》云:「言我幼稚之時,庶幾於無所為,謂軍役之事也。」

循按:「為」之訓通於「用」見〈郊特牲·注〉,「為」之文通於「偽」見〈秦風·采苓·正義〉。下「尚無造」《傳》云:「造,為也。」「尚無庸」《傳》云:「庸,用也。」「為」、「造」、「庸」三字義通。蓋謂「其時風俗人心,尚無詐偽自用之事成人為者。」《荀子》云:「可事而成之在人者謂之偽」,楊倞《注》云:「偽,為也,矯也。凡非天性而人作而成之者也。」鄭以為「軍役之事」。「為」之訓亦通於「役」見〈表記·注〉,故以「軍役」解「為」字,然與毛義殊矣。《正義》不明其說,以《傳》言「尚無成人為也」解作「庶幾無此成人之所為」,且謂「軍役之事」申述《傳》意,是以「成人」為「成人有德」之成人,大失毛旨。(頁291、292)

評曰:「尚無為」句見〈王風·兔爰〉:

有兔爰爰,……我生之初尚無為,我生之後逢此百罹,尚寐無吪。

有兔爰爰,……我生之初尚無造,我生之後逢此百憂,尚寐無覺。

有兔爰爰,……我生之初尚無庸,我生之後逢此百凶,尚寐無聰。[53]

---

53 《十三經注疏·毛詩注疏》,頁151-152。

毛《傳》詁之為「尚無成人為」，[54]焦循解《傳》意曰「謂其時風俗人心，尚無詐偽自用之事成人為者」，是以「為」為「詐偽」之「偽」，而「無為」之「為」與二、三章之「造」、「庸」義通。焦氏之論述，蓋以「毛公承荀子之學，本其說以為之說」，故取「《荀子》『可事而成在人者謂之偽』，楊倞《注》『偽，為也、矯也。凡非天性而人作為之者，皆謂之偽』」為據，而駁鄭《箋》「言我幼稚之時，庶幾於無所為，謂軍役之事」以及《正義》「庶幾無此成人之所為」等解說，[55]大失《傳》旨。惟翻查《詩》之索引，「為」字一百四十七見、「造」字七見、「庸」字七見，除本詩待討論外，皆無解作「詐偽」之用例。[56]且焦氏所引之《荀子》文句與楊倞《注》，細繹其義，其所稱之「偽」亦絕非「詐偽」之「偽」，而係與「先天性惡」相對反之後天「人之作為」（即荀子所稱之「化師法、積文學、道禮義」），所謂「人之性惡，其善者偽也」是也。[57]

　　復援詩句觀之，「尚無為」乃承「我生之初」而發，「生之初」言「幼稚之時」，而「為」之本義，據甲骨、金文、以手牽象（助役）之形，表「做事」、「作為」之義，[58]「尚無為」之「無為」當即「無所作為」，[59]而「為」（做事、服役）乃「成人」之責、無與乎「孩童」，故毛《傳》於此「尚無為」，補詁「成人」一詞，使與下句「我

54　《十三經注疏・毛詩注疏》，頁152。

55　《十三經注疏・毛詩注疏》，頁152。

56　《十三經辭典・毛詩卷》，頁709-711，（「為」字）、頁880（「造」字）、頁592（「庸」字）。

57　《荀子校釋・性惡篇》，下冊，頁934-935。

58　方述鑫、林小安編：《甲骨金文字典》（成都市：巴蜀書社，1993年），頁221-222。

59　〈陳風・澤陂〉「寤寐無為」句三見（《十三經注疏・毛詩注疏》，頁256-257），其「無為」之義（詩中之人因思念之苦而無心做事、無所作為）與此「尚無為」相同。

生之後逢此百罹」之對應更形顯豁。[60]即此,《箋》之「無所為」,《正義》之「無此成人之所為」正《傳》「無成人為」之義;至謂「為」乃指「軍役之事」,實緣《詩序》「〈兔爰〉閔周也,桓王失信,諸侯背叛,構怨連禍,王師傷敗,君子不樂生焉」而發,[61]未必堪為其咎。焦循一則錯讀《傳》句「尚無成人為」、「人為」連詞;再者誤解《荀子》與楊《注》,故此則之駁《箋》與《正義》「大失《傳》旨」,非徒不可從,正「夫子自道」也。

九 「今者不樂,逝者其耋」條

《傳》:「耋,老也。八十曰耋。」《箋》云:「今者不於此君之朝自樂,謂仕焉。而去仕他國,其徒自使老。」

循按:秦仲有車馬禮樂之盛,秦人極言其樂耳。逝謂年歲之逝,言時易去而老也。以樂為仕,以逝為去國,此鄭之說也,非毛義也。(頁308)

評曰:「今者不樂,逝者其耋」語見〈秦風·車鄰〉,詩曰:

有車鄰鄰,有馬白顛。……既見君子,並坐鼓瑟。今者不樂,逝者其耋。……既見君子,並坐鼓簧。今者不樂,逝者其亡。[62]

詩中「逝者」一詞,與「今者」相對;古書中多用指時日,《論語·

---

60 黃焯曰:「《傳》云『尚無成人為』謂『猶無成人之為』,蓋增『成人』二字以足經義。」見氏著《毛詩鄭箋平議》(武昌市:武漢大學出版社,2008年),頁51。

61 《十三經注疏·毛詩注疏》,頁151。

62 《十三經注疏·毛詩注疏》,頁234。

子罕〉:「逝者如斯乎,不舍晝夜」[63]允為著例。〈陽貨〉:「日月逝矣,
歲不我與」[64]點明逝者為日月。〈唐風・蟋蟀〉更有相應詩句:

> 蟋蟀在堂,歲云其莫。今我不樂,日月其除。……蟋蟀在堂,
> 歲聿其逝。今我不樂,日月其邁。……[65]

〈蟋蟀〉「今我不樂,日月其除」、「今我不樂,日月其邁」與〈車鄰〉
「今者不樂,逝者其耋」、「今者不樂,逝者其亡」之對比,尤能佐證
焦循「逝謂年歲之逝,言時易去而老也」說之允當。《箋》詁為「去
仕他國,其徒自使老」,[66]一則不符合「今者」、「逝者」對文,皆應指
「時間」之句法,再者末章「逝者其亡」若依鄭解,「去仕他國,其
徒自使亡」,則甚不辭矣。

十　「有紀有堂」條

《傳》:「紀,基也。堂,畢道平如堂也。」《箋》云:「畢也,
堂也,亦高大之山所宜有也。畢,終南山之道名,邊如堂之牆
然。」
循按:《釋文》云:「紀亦作屺。」《正義》:「《集注》本作
『屺』,定本作『紀』。」「紀」乃「屺」之假借字也。毛公於
「陟屺」謂「山有草木」,於此訓「基」,余為論之。前「有條
有梅」以草木言,此「有紀有堂」以平地言。終南雖高峻,其

63　《四書集註》,頁113。
64　《四書集註》,頁175。
65　《十三經注疏・毛詩注疏》,頁217。
66　《十三經注疏・毛詩注疏》,頁234。

平處亦有屺、有堂。屺堂,無草木者也。以此證彼無草木為
「屺」,有草木為「岵」,毛《傳》當與《爾雅》、《說文》同。
《爾雅·釋邱》:「畢,堂牆。」謂畢為堂之牆。堂為畢中間之
道。中間道平如堂,兩畔崖高如牆。毛云「畢道平如牆」,據
其平處解《經》之「堂」也。《箋》因《傳》言「畢」,故用
《爾雅》解「畢」為兩邊之如牆,云「道平如堂」,云「邊如
堂之牆」,互相發明,兩無不足。堂本平,定本作「平如堂」。
《正義》云「畢道如堂」,有「平」字與否一也。《經》云「有
紀有堂」,正以平處無草木言之矣。(頁314)

評曰:「有紀有堂」見〈秦風·終南〉,詩共二章:

終南何有?有條有梅。君子至止,錦衣狐裘。……
終南何有?有紀有堂。君子至止,黻衣繡裳。……[67]

就詩之章句結構觀之,「有紀有堂」與「有條有梅」皆上承「終南何
有」而為「一倡三嘆」、「反覆吟詠」之對應之句,此種對應句,
《詩》中甚夥,所述多屬質性品類相同之事物,即以〈秦風〉之他詩
證之,如〈黃鳥〉:

交交黃鳥,止於棘。誰從穆公?子車奄息。……
交交黃鳥,止於桑。誰從穆公?子車仲行。……
交交黃鳥,止於楚。誰從穆公?子車鍼虎。……[68]

---

67 《十三經注疏·毛詩注疏》,頁242-243。
68 《十三經注疏·毛詩注疏》,頁243-244。

三章之「棘」、「桑」、「楚」同為植物。次如〈無衣〉：

> 豈曰無衣，與子同袍。王予興師，脩我戈矛。……
> 豈曰無衣，與子同澤。王予興師，脩我矛戟。……
> 豈曰無衣，與子同裳。王予興師，脩我甲兵。……[69]

三章之「袍」、「澤」、「裳」同為衣物，[70]「戈矛」、「矛戟」、「甲兵」同為武器。再如〈唐風・有杕之杜〉：

> 有杕之杜，生於道左。彼君子兮，噬肯適我？……
> 有杕之杜，生於道周。彼君子兮，噬肯來遊？……[71]

「道左」、「道周」同質。[72]〈唐風・葛生〉：

> 葛生蒙楚，蘞蔓于野。予美亡此，誰與獨處。……
> 葛生蒙棘，蘞蔓于域。予美亡此，誰與獨息。……[73]

「獨處」、「獨息」義近，「野」、「域」同指地點空間。而〈秦風・晨風〉之二、三章：

69　《十三經注疏・毛詩注疏》，頁244-245。
70　「與子同澤」之「澤」，齊《詩》作「襗」；鄭《箋》：「澤，褻衣近污垢。」是「澤」亦為衣名。詳見《詩三家義集疏》，上冊，頁457之說明。
71　《十三經注疏・毛詩注疏》，頁227。
72　〔清〕馬瑞辰曰：「『道周』與『道左』相對成文，故《韓詩》訓為『道右』。右，周古音同部，周即右之借字。」（《毛詩傳箋通釋》，上冊，頁354）
73　《十三經注疏・毛詩注疏》，頁227。

　　山有蒼櫟，隰有六駁。未見君子，憂心靡樂。如何如何，忘我
　　實多。
　　山有蒼棣，隰有樹檖。未見君子，憂心如醉。如何如何，忘我
　　實多。[74]

其中之「六駁」，毛《傳》謂「駁如馬，倨牙，食虎豹」，崔豹（？-
？）《古今注》則曰：「六駁，山中有木，葉似豫章，皮多癬駁，名六
駁木。」陸《疏》亦云：「駁馬，梓榆也。其樹皮青白駁犖，遙視似
駁馬，故謂之駁馬。下章云『山有蒼棣，隰有樹檖』，皆山隰之木相
配，不宜云獸。駁與駮，古通用。」[75]陸氏取「山有蒼棣，隰有樹
檖」與「山有蒼櫟，隰有六駁」對較，駁《傳》詁為「獸」之不妥，
其說的當，亦可援茲佐證「紀」、「堂」當與「條」、「梅」同類。
「條」、「梅」為植物，「紀」、「堂」當如清‧王引之所解：「紀，讀為
杞，堂讀為棠；條、梅、杞、棠皆木名也。」[76]焦循從毛《傳》「紀，
基也。堂，畢道平如堂」之詁，且謂「前『有條有梅』以草木言，此
『有紀有堂』以平地言」，顯與《詩》例不合，說不可從。

74　《十三經注疏‧毛詩注疏》，頁244。

75　見《詩三家義集疏》上冊，頁456之說明。又〈唐風‧山有樞〉共三章，首章「山有
　　樞，隰有榆。……」次章「山有栲，隰有杻。……」末章「山有漆，隰有栗。……」
　　（《十三經注疏‧毛詩注疏》，頁217-218）三章皆「山隰之木相配」，可支持陸說。

76　〔清〕王引之撰：《經義述聞》（臺北市：臺灣商務印書館，1979年），冊2，頁218-
　　219。又馬瑞辰解「有紀有堂」，曰：「……以類求之，『紀』當讀為杞梓之『杞』；
　　『堂』當為甘棠之『棠』，紀與堂皆假借字。《左氏春秋‧桓二年》。『杞侯來朝』，
　　《公》、《榖》竝作『紀侯』；三年『公會杞侯於郕』，《公羊》作『紀侯』；吳夫槩奔
　　楚為『棠谿氏』，《定五年左傳》作『堂谿』。是皆『杞』與『紀』、『堂』與『棠』
　　古得通假之證。《白帖‧終南山類》引《詩》正作『有杞有棠』，蓋本《三家詩》。」
　　（《毛詩傳箋通釋》，上冊，頁388）足堪補證王氏之說。

十一　「臨其穴，惴惴其慄」條

《傳》：「惴惴，懼也。」《箋》云：「秦人哀傷此奄息之死，臨視其壙，皆為之悼慄。」

循按：三良之死以為自殺者，應劭注《漢書》云：「秦穆公與群臣飲酒酣，言曰：『生共此樂，死共此哀。』於是奄息、仲行、鍼虎許諾。及公薨，皆從死。」《箋》謂三良自殺從死，故以「惴惴」為秦人臨視其壙者為之悼慄。然《序》稱穆公以人從死，則殺三良者乃穆公。《左傳》亦言以子車氏之三子為殉，與《序》合。毛訓「惴惴」為「懼」，自謂三良。若秦人臨三良之壙，止宜哀不必懼。誠是三人許諾自殺，且已死而臨其壙，何欲百身以贖之？《左傳》言秦收其良以死君子，知秦之不復東征。秦蒙毅對使臣云：「昔者秦穆公殺三良而死，故立號曰『繆』。」三子非自殺審矣。

王仲宣、曹子建均有詩。曹以臨穴為登三良墓之人，王則以臨穴呼天為三子之妻子兄弟，皆從《箋》而推之耳。（頁315、316）

評曰：本條語見〈秦風・黃鳥〉，《序》曰：「〈黃鳥〉，哀三良也。國人刺穆公以人從死。」[77]鄭《箋》謂「從死」乃「（三良）自殺以從死」，故解「臨其穴，惴惴其慄」為「秦人哀傷（三良）之死，臨視其壙，皆為之悼慄。」[78]焦循據《傳》「惴惴，懼也」以及人之心理，判定《傳》於「三良之死之認定與《箋》異，謂三良蓋遭穆公所害而殉葬，非自殺從死也」（臨其穴而懼者，自指三良，若秦人臨三

77　《十三經注疏・毛詩注疏》，頁243。
78　《十三經注疏・毛詩注疏》，頁243。

良之壙，止宜哀不必懼）。焦氏辨《箋》說之不妥，除援引時代與
〈黃鳥〉較為接近之《左傳·文公六年》「秦伯任好卒，以子車氏之
三子奄息、仲行、鍼虎為殉」[79]（《注》曰「殺人從死曰殉」）、以及
《史記·蒙恬列傳》（蒙）毅對曰：「刑殺者，道之所卒也。昔者秦穆
公殺三良而死，⋯⋯吳王夫差殺伍子胥，⋯⋯」[80]之外證，更及於詩
文之內證「維此奄息，百夫之特，⋯⋯如可贖兮，人百其身。⋯⋯維
此仲行，百夫之防。⋯⋯如可贖兮，人百其身。⋯⋯維此鍼虎，百夫
之禦。⋯⋯如可贖兮，人百其身。」[81]就上下文義觀之，誠如焦循所
質疑：「誠是三人許諾自殺，且已死而臨其壙，何欲百身以贖之？」
實則詩之內證，除上述焦氏已指出者外，另尚有可支持焦說者，蓋於
該詩三章之末，皆有「彼蒼者天，殲我良人」之怨歎，查「殲」之為
義，《說文》：「殲，微盡也。」桂馥《義證》：「微盡也者，言無微不
盡也。」[82]《爾雅·釋詁》：「殲，盡也。」舍人《注》：「殲，眾之盡
也。」[83]驗之於《左傳》之記載：

> 遂因氏、頜氏、工婁氏、須遂氏饗齊戎，醉而殺之，齊人殲
> 焉。[84]
> 既陳而後擊之，宋師敗績，公傷股，門官殲焉。[85]
> 善人富謂之賞，淫人富謂之殃。天其殃之也，其將聚而殲旃。[86]

79 《十三經注疏·左傳注疏》，頁313-314。
80 《史記》，冊4，頁2568-2569。
81 《十三經注疏·毛詩注疏》，頁243-244。
82 《說文解字詁林》，冊4，頁1717。
83 《爾雅義疏》，上冊，頁135-136。
84 莊公十七年事。見《十三經注疏·左傳注疏》，頁158。
85 僖公二十二年事。見《十三經注疏·左傳注疏》，頁248。
86 襄公二十八年事（《十三經注疏·左傳注疏》，頁656）。

從各該句之上下文義，「殲，盡也。」意指「盡殺」；[87]舍人《注》之「眾之盡」即「眾人被殺盡」。且「盡殺」之「殺」絕非「自殺」而係「他殺」。〈黃鳥〉詩中之「三良」，人數為「三」，已符合「眾」之條件，故「殲我良人」之「殲」，實可證明秦之三賢──子車奄息、子車仲行、子車鍼虎非如《箋》所云「自殺以從死也」，[88]焦說可從。

十二　「況也永歎」條

> 《傳》：「況，茲。」《箋》云：「雖有善同門來茲，對之長歎而已。」
> 循按：〈出車〉《箋》解「僕夫況瘁」云：「況，茲也。御夫則茲益憔悴。」用此《傳》之訓而申云「滋益」，則是況之訓為滋益。「滋」、「茲」皆有「益」義也。〈邶風・泉水〉：「茲之永歎」猶云「況也永歎」。乃〈泉水〉《箋》云：「茲，此也。思此而長歎。」此《箋》云「來茲對之長歎而已」，雖用《傳》訓「況」為「茲」，而仍解「茲」為「此」，則與《傳》異義也。《晉語》：「丕鄭對里克曰：『今子曰中立，況固其謀。』」韋昭《注》云：「況，益也。」《孟子》：「而況得而臣子乎？」言友且不可，而益而為臣，得乎？即滋益不止之辭。（頁324、325）

評曰：「況也永歎」句見〈小雅・棠棣〉：

87　馬瑞辰謂：殲，通作戩，有「滅絕」之義（《毛詩傳箋通釋》，上冊，頁391）。

88　《文選・幽通賦》：「東鄰虐而殲仁焉」，《注》：「善曰：『殲，盡也。仁謂三仁也。』翰曰：『殲，殺也，言暴虐而殺仁賢之士也。』」《增補六臣注文選》，頁270。亦可助證「殲我三良」，三良非自殺。

棠棣之華，鄂不韡韡。凡今之人，莫如兄弟。

死喪之威，兄弟孔懷。原隰裒矣，兄弟求矣。

脊令在原，兄弟急難。每有良朋，況也永歎。

兄弟鬩於牆，外禦其務。每有良朋，烝也無戎。……[89]

「況也永歎」之「況」，毛《傳》云：「況，茲。」[90]鄭《箋》云：「當急難之時，雖有善同門來茲，對之長歎而已」，[91]係將「茲」解為「此」；[92]惟衡之以句構與訓詁條例，《箋》說頗有可議之處。就句構觀之，三章之「況也永歎」與四章之「烝也無戎」句型相同，「況」、「烝」當同一詞性。「烝也無戎」，鄭玄曰：「善同門來久也，猶無相助己者」，[93]「烝」，久也、[94]為副詞，則「況」亦當為副詞。《箋》詁「況」為「茲」為「此」，「此」為代名詞，詞性與「烝」不相侔。就訓詁條例觀之，鄭玄解「況」為「此」，「此也永歎」甚不詞，故補添「來」字為「善同門來茲」，此增字詁經，不可取也。焦循援《箋》解〈小雅・出車〉「僕夫況瘁」云「況，茲也。御夫則茲益憔悴」，[95]及《國語・晉語》：「丕鄭對里克曰：『今子曰中立，況固其謀。』」韋

---

89 《十三經注疏・毛詩注疏》，頁321-323。

90 《十三經注疏・毛詩注疏》，頁321。

91 《十三經注疏・毛詩注疏》，頁321。

92 〈邶風・泉水〉：「我思肥泉，茲之永歎」，《箋》曰：「茲，此也。」（《十三經注疏・毛詩注疏》，頁102）「茲之永歎」與「況也永歎」相類，《箋》又詁「況」為「茲」，知此「茲」亦為「此」也。

93 《十三經注疏・毛詩注疏》，頁321。

94 《傳》云：「烝，填。」《箋》云：「古聲填、寘、塵同。」《釋文》曰：「烝，之承反。填，依字音田，與寘同；又依古音塵，塵，久也。故《箋》申之云『古聲填、寘、塵同』。」（《十三經注疏・毛詩注疏》，頁321），以是《箋》詁「烝也」為「來久」也。

95 《十三經注疏・毛詩注疏》，頁338。

昭《注》云：「況，益也」[96]等，謂《傳》「況、茲」之「茲」當即「益（滋益）」也（「每有良朋，況也永歎」者，「雖有良朋，益更令人慨歎」也），詞性上既能與「烝」相副，訓解上亦文從義順，符合詩之語境，其說可從。[97]

十三　「北山有萊」條

《傳》：「萊，草也。」

循按：《爾雅》：「釐，蔓華。」《說文》：「萊，蔓華也。」「萊」「釐」古字通。⋯⋯「釐」即「藜」，故《玉篇》以「藜」訓「萊」。〈月令〉：「孟春行秋令，藜莠蓬蒿並興。」《管子・封禪篇》云：「嘉禾不生，而蓬蒿藜莠茂。」蓋田畝荒穢，故生此諸草。〈十月之交〉言「汙萊」，《周禮・地官》言「萊田」。蓋不耕治，則荒草生藜莠之類也。言萊以概諸草。《正義》以為「草之總名」，則非矣。（頁328、329）

評曰：「北山有萊」語見〈小雅・南山有臺〉。詩曰：

南山有臺，北山有萊。樂只君子，邦家之基。⋯⋯
南山有桑，北山有楊。樂只君子，邦家之光。⋯⋯
南山有杞，北山有李。樂只君子，民之父母。⋯⋯
南山有栲，北山有杻。樂只君子，遐不眉壽。⋯⋯

---

96 徐元誥：《國語集解》（北京市：中華書局，2002年），頁277。
97 〈邶風・泉水〉「我思肥泉，茲之永歎」（《十三經注疏・毛詩注疏》，頁102），「茲之永歎」與「況也永歎」相類，亦當從焦循之說，「茲」解為「益」也。

　　南山有枸，北山有楰。樂只君子，遐不黃耇。……[98]

　　案：本詩係以「山有草木」起興，《箋》所謂「興者，山之有草木以自覆蓋，成其高大，喻人君有賢臣以自尊顯」，「人君既得賢者，置之於位，……能為國家之本，得壽考之福」是也。[99]而首章之「萊」，《傳》曰「草也」，[100]《正義》以此「草」為「草之總名，非有別草名之為萊」，[101]焦循則據《玉篇》「萊，藜草」、[102]《管子‧封禪篇》：「嘉禾不生，而蓬蒿藜莠茂」、[103]〈禮記‧月令〉：「孟春行秋令，藜莠蓬蒿並興」[104]等書面材料，以為田畝荒穢，便生藜莠蓬蒿等雜草，〈小雅‧十月之交〉所稱「田卒汙萊」、[105]《周禮‧地官》所稱「田萊」[106]是也，故謂《傳》以「萊」概稱「藜莠蓬蒿」，非「草之總名」也。今觀詩構，次章之「桑」與「楊」、三章之「栲」與「杻」、末章之「枸」與「楰」，皆「特定之單稱植物」相對，首章既與之並列，架構當一；而「南山有臺」之「臺」，《傳》、《正義》皆曰「夫須」，《正義》並引陸機《疏》云「夫須，莎草也」，[107]亦為單項之草名，可知「北山之萊」亦當如是，當即是《玉篇》之「萊，藜草也」。正義之「草之總名」固誤，焦氏「言萊以概（莠蓬蒿）諸草」亦恐非的解。

98　《十三經注疏‧毛詩注疏》，頁347。

99　《十三經注疏‧毛詩注疏》，頁347。

100　《十三經注疏‧毛詩注疏》，頁347。

101　《十三經注疏‧毛詩注疏》，頁347。

102　《玉篇校釋》，冊3，頁2648。

103　《管子纂詁》，卷16，頁12。

104　《十三經注疏‧禮記注疏》頁289。

105　《正義》曰：「萊者，草穢之名，〈楚茨〉云『田萊多荒』是也。」（《十三經注疏‧毛詩注疏》，頁408）

106　《十三經注疏‧周禮注疏》，頁204。

107　《十三經注疏‧毛詩注疏》，頁347。

十四　「汎汎楊舟，載沉載浮」條

《傳》：「楊木舟，載沉亦浮，載浮亦浮。」《箋》云：「舟者，
沉物亦載，浮物亦載。」

循按：《傳》、《箋》明以「載」為「承載」之載。汎汎，浮
也。《傳》兩「亦浮」解「汎汎」，言此楊舟無論所載者為沉
物、浮物，而皆汎汎也。《箋》恐「載沉載浮」之說不明，故
以沉浮為所載之物，可謂明矣。乃《正義》引「載馳載驅」之
例，以「載」為「則」，又謂「《傳》言『載沉亦浮』，《箋》云
『沉物亦載』，以『載』解義，非《經》中之『載』。」若然，
《經》宜云「則沉則浮」，舟可云「則沉」乎？《傳》、《箋》
正以「則沉則浮」未可解《經》，故詳切明之。《正義》不得其
故，且沒《傳》、《箋》體物之工，亦妄矣。《經》言「則沉則
浮」，是浮沉屬舟，解作「則載沉物，則載浮物」，不且於
《經》文為添設乎？（頁329、330）

評曰：「汎汎楊舟，載沉載浮」見〈小雅・菁菁者莪〉。[108]句中之
「載」，《正義》以為當解作「則」而不然《傳》、《箋》俱詁為「裝
載」之「載」；《正義》之詁係根據《詩》中相類之語句及其詁解，如
〈大雅・生民〉之「載震載夙」、「載生載育」，〈小雅・四牡〉之「載
飛載止」等。[109]就「載震載夙，載生載育」觀之，上接「厥初生民，
時維姜嫄，……履帝武敏歆」之句；[110]而「載飛載止」上接「翩翩者

108　《十三經注疏・毛詩注疏》，頁354。
109　《十三經注疏・毛詩注疏》，頁354。
110　《十三經注疏・毛詩注疏》，頁587。

雛」，[111]無論衡之以文法或上下文義，各該句之「載」，確如《正義》所言，當詁為「則」；惟《詩》中「載」之用，除解為「則」之外，亦有用為「承載」、「裝載」義者，如〈小雅・正月〉「其車既載，乃棄爾輔」；[112]〈周頌・良耜〉「或來瞻女，載筐及筥」[113]等。「汎汎楊舟，載沉載浮。既見君子，我心則休。」[114]句式上，「載沉載浮」雖與「載生載育」、「載飛載止」等相類，衡之以上下文義，「載沉載浮」之「載」若解同後者為「（汎汎楊舟）則沉則浮」，甚不辭矣，此焦循之所以贊同《傳》、《箋》之詁也。《正義》一則拘泥「載……載……」之句式須解「載」為「則」，一則又察覺「汎汎楊舟，則沉則浮」之不妥，而增添「裝載」之「載」為「則載沉物，則載浮物」，里堂駁之曰「妄」，中的之論也。

十五 「瞻彼中原，其祁孔有」條

> 《傳》：「祁，大也。」《箋》云：「祁當作麎。麎，牝麇也，中原之野甚有之。」
> 循按：《箋》義不及《傳》遠甚。《傳》以「其祁」指中原之大。《正義》解毛謂「其諸禽獸大而甚有」，又云「不言獸名，不知大者何物」，非也。（頁332）

評曰：《箋》云：「祁當作麎」，「當作」者，言其「誤」也；惟就字形言之，「祁」、「麎」相去甚遠。鄭《箋》之說無所據。而焦循謂

111 《十三經注疏・毛詩注疏》，頁318。
112 《十三經注疏・毛詩注疏》，頁400。
113 《十三經注疏・毛詩注疏》，頁749。
114 《十三經注疏・毛詩注疏》，頁354。

「《傳》以『其祁』指中原之大」，亦有可議之處，蓋〈小雅・吉日〉
詩云：

> 吉日維戊，既伯既禱。田車既好，四牡孔阜。升彼大阜，從其
> 群醜。
> 吉日庚午，既差我馬。獸之所同，麀鹿麌麌。……
> 瞻彼中原，其祁孔有。儦儦俟俟，或群或友。悉率左右，以燕
> 天子。……[115]

據毛《序》，詩寫周天子田獵之事。[116]就義脈、句構觀之：「其祁孔
有」接於「瞻彼中原」之後，當與首章「從其群醜」續於「升彼大阜」
之後、次章「獸之所同麀鹿麌麌」繼「既差我馬」之後相類，故「其
祁孔有」所指涉者，應與首章、次章相同，非關「中原」而係「群
獸」。《箋》之說固不妥，焦氏「《傳》以『其祁』指中原之大」亦誤，
恐非《傳》義（《傳》但言「祁，大也[117]」）《正義》「其諸禽獸大而甚
有」則近正解，惟又云「不言獸名，不知大者何物」，[118]轉生枝節。
胡承珙曰：「『瞻彼中原，其祁甚有。』《傳》：『祁，大也。』……此
承上章『獸之所同』而言，故但言其形體祁大，又甚多有，而其為獸
自明。不必改『祁』為『麎』以見獸名也。或疑《詩》中無此文例
者，〈正月〉『瞻彼阪田，有菀其特』，《箋》云：『有菀然茂特之苗。』
然經文並不言『特』者何物，與此『其祁孔有』文法正相似也。」[119]
堪為中肯之詁解，可正上述《箋》、《正義》及焦循之說之欠妥。

---

115 《十三經注疏・毛詩注疏》，頁369。
116 《十三經注疏・毛詩注疏》，頁369。
117 《十三經注疏・毛詩注疏》，頁370。
118 《十三經注疏・毛詩注疏》，頁370。
119 《毛詩後箋》，下冊，頁881。

十六「夜未央」條

《傳》:「央,旦也。」《箋》云:「夜未央,猶言夜未渠央
也。」

循按:毛解〈出車〉「旟旐央央」云:「央央,鮮明也。」又解
「昊天曰旦」云:「旦,明也。」以旦訓央,正以央有明義。
《正義》言毛「非訓央為旦」,非也。《釋文》有「七也反」、
「子徐反」兩音,則一本或作「且」字。然以「且」訓
「央」,既非達詁,作「且」者誤耳。〈蒹葭〉「宛在水中央」,
則央有中義,故《廣雅》訓「央」為「中」。但「夜未中」仍
在亥子以前,非早朝時。訓「央」為「旦」,實毛旨之精微
也。《箋》解作「未渠央」,則以當時之語擬之。漢《樂府・長
安有狹邪行》云:「丈人且徐徐,調弦詎未央。」〈相逢行〉
云:「丈人且安坐,調絲方未央。」《南史・卞彬傳》「高爽書
廷陵縣〈鼓詩〉云:『受打未詎央。』」「未詎央」即「詎未
央」;「詎未央」即「未渠央」,即未已未盡之意,亦不以為
「且」字也。(頁333)

評曰:〈小雅・庭燎〉「夜未央」之「央」,《傳》「央,旦也」之
「旦」,《釋文》本作「且」。[120]焦循據〈小雅・出車〉「旟旐央央」、
毛《傳》「央央,鮮明也」,[121]以及〈大雅・板〉「昊天曰旦」、《傳》
「旦,明也」,[122]遂謂「夜未央」之「央」,當以《傳》「央,旦也」
為正詁,作「且」者,誤也。惟「旟旐央央」之「央央」釋為「鮮

---

120 《十三經注疏・毛詩注疏》,頁375。
121 《十三經注疏・毛詩注疏》,頁339。
122 《十三經注疏・毛詩注疏》,頁636。

明」自是無誤，「央央」是否即與「夜未央」之「央」意同或意近，則有待檢驗。試以《詩》中「……未……」之句例觀之，如〈邶風・匏有苦葉〉「迨冰未泮」，[123]〈衛風・氓〉「桑之未落」，[124]〈齊風・東方未明〉「東方未明」、[125]〈秦風・蒹葭〉「白露未晞」、[126]〈豳風・鴟鴞〉「迨天之未陰雨」[127]等，各該句中「未」後所接者皆為「未」前主詞「本有之屬性」（冰會消泮、桑葉會凋落、東方會明亮、白露會乾、天會陰雨）；而「夜未央」若依焦循「央、且也」之擇而釋為「夜未明」，則與上述「……未……」用例之語法相左，蓋「光明」屬白晝，「暗暝」屬黑夜，吾人但知「夜盡而天明」，但言「天亮」、「天尚未亮」卻無「夜明」、「夜已明」之用語，是「夜未央」詁為「夜未旦（明）」，不辭矣。

　　清代胡承珙《毛詩後箋》詁此條，贊同盧名弓（?-?）「王肅妄改毛《傳》『且也』為『旦也』」之說，以為「此『旦』當音『徂』，旦（徂），往也。凡歲月日時過去者，皆謂之『往』。『夜未央』者，言夜未往也。」[128]案：《廣雅・釋詁》「央，盡也」。「央，已也」；[129]「夜未央」即「夜未已」、「夜未盡」，[130]實與「夜未旦（徂）」義近，當以「《傳》『央，且也』」為正，焦氏之說欠妥。

123　《十三經注疏・毛詩注疏》，頁890。

124　《十三經注疏・毛詩注疏》，頁135。

125　《十三經注疏・毛詩注疏》，頁191。

126　《十三經注疏・毛詩注疏》，頁241。

127　《十三經注疏・毛詩注疏》，頁293。

128　《毛詩後箋》，下冊，頁890。

129　《廣雅詁林》，頁108、330。

130　〔清〕王引之曰：「夜未央者，夜未已也。」詳參氏著：《經義述聞》，《詩經要籍集成》，冊29，頁75-76。

十七 「無相猶矣」條

> 《傳》:「猶,道也。」箋云:「猶當作『瘉』。瘉,病也。言時
> 人骨肉用是相愛好,無相詬病也。」
> 循按:《爾雅·釋詁》:「迪、繇,道也。」「繇」即「猶」。此
> 「道」乃「教道」之義。《傳》言兄弟怡怡,異於朋友責善,
> 故但相好,不必相規。相規且不可,何論詬病。《箋》之淺,
> 每不及《傳》之深也。(頁334)

評曰:「無相猶矣」語見〈小雅·斯干〉首章:

> 秩秩斯干,幽幽南山。如竹苞矣,如松茂矣。兄及弟矣,式相
> 好矣,無相猶矣。[131]

　　就句構觀之,「相好」與「相猶」乃對反之詞,《傳》曰「猶,道
也」,[132]焦循申之曰:「此道乃教道之義」、「兄弟異於朋友責善,故但
相好,不必相規」。惟「教道」、「相規」與「相好」非反義之詞;且
「兄弟但相好,不必相規」亦不符一般之家教理念,《傳》與焦說欠
妥。《箋》謂「猶當作瘉;瘉,病也」[133]。「相瘉」(相詬病)與「相
好」(相愛)在意義的對反程度上遠勝焦氏之「相教道」;然仔細分析
相關書面材料及詞義,《箋》說亦有可議之處。《箋》之「猶當作瘉」
或本之於〈小雅·角弓〉之「不令兄弟,交相為瘉」。[134]而〈小雅·

---

131 《十三經注疏·毛詩注疏》,頁384。
132 《十三經注疏·毛詩注疏》,頁384。
133 《十三經注疏·毛詩注疏》,頁384。
134 《十三經注疏·毛詩注疏》,頁504。

鼓鐘〉「淑人君子，其德不猶」，《疏》於《箋》「猶當作瘉」後便曰：
「〈角弓〉云『不令兄弟，交相為瘉』，〈斯干〉云『兄及弟矣，無相
猶矣』，以彼二文，知『猶』、『瘉』相近而誤。」[135]果如其說，則「猶
當作瘉」說之論證，只緣彼二句之對照，恐失於草率武斷。〈角弓〉
詩句，「不令兄弟，交相為瘉」係上承「此令兄弟，綽綽有裕」，[136]知
「交相為瘉」實與「綽綽有裕」相對反；而〈斯干〉之兄弟「無相猶
矣」則與「式相好矣」對反；且「式相好矣」之義異乎「綽綽有
裕」，豈能因「兄及弟矣，無相猶矣」與「不令兄弟，交相為瘉」句
組相似，便遽謂「猶當作瘉」，《箋》說實難服人。然則「無相猶」之
猶究當何解？俞樾《詩經平議》有云：

> 「猶」當讀為「猷」。《說文》女部：「猷，醜也。」「式相好
> 矣，無相猷矣」，「好」與「猷」相對成義。〈遵大路〉篇「無
> 我魗兮，不寁好也」，《正義》曰：「魗與醜古今字。」〈正月〉
> 篇「好言自口，莠言自口」，《傳》曰：「莠，醜也。」此以
> 「猷」與「好」對，猶彼以「魗」與「好」對，「莠」與
> 「好」對也。「猶」、「猷」竝從「酋」聲，故得通用，《傳》、
> 《箋》均失之。[137]

　　俞樾掌握了「式相好」與「無相猶」之對反關係為解詁之結穴
處，並搜出《詩》中〈鄭風・遵大路〉「魗」（《正義》：「魗、醜古今
字」）與「好」[138]、〈小雅・正月〉「莠」（毛《傳》：「莠，醜也」）與

135　《十三經注疏・毛詩注疏》，頁452。
136　《十三經注疏・毛詩注疏》，頁504。
137　《詩經要籍集成》，冊35，頁226、227。
138　《十三經注疏・毛詩注疏》，頁169。

「好」[139]相對反之用例，[140]以及「猶」與「敿」之同從「酋」聲可通用之關係，判「猶」當讀為「敿」，《說文》「敿，醜也」；[141]而「醜」義為「惡」（〈鄭風・遵大路〉「無我魗兮，不寁好也」，《箋》云：「魗，亦惡也。」[142]），先秦古籍中直以「惡」與「好」對用者亦夥，如《孟子・離婁篇》「禹惡旨酒而好善言」，[143]《荀子・榮辱篇》「好榮惡辱，好利惡害」、[144]《墨子・非命中》「惡恭儉而好簡易」、[145]《管子・五輔篇》「好飲食而惡耕農」[146]等。

綜上所述，俞樾解「無相猶矣」、「猶」為「敿」之通假，較為允妥。

十八　「眾維魚矣」條

《傳》：「陰陽和則魚眾多矣。」《箋》云：「見人眾相與捕魚。」

循按：《傳》云：「魚眾多」，言眾多者維魚也。《箋》以眾為人，與毛異。捕魚說迂甚。（頁336）

評曰：「眾維魚矣」見〈小雅・無羊〉之末章，文曰：

139 《十三經注疏・毛詩注疏》，頁397。

140 〈小雅・大田〉亦有「既堅既好，不稂不莠」，「好」與「莠」對反之用例。（《十三經注疏・毛詩注疏》頁473）

141 《說文解字注》，頁631。

142 《十三經注疏・毛詩注疏》，頁169。

143 《十三經注疏・孟子注疏》，頁145。

144 《荀子校釋》，上冊，頁137。

145 《墨子閒詁》，頁250。

146 《管子纂詁》，卷3，頁26。

牧人乃夢，眾維魚矣，旐維旟矣。大人占之，眾維魚矣，實維
豐年。旐維旟矣，室家溱溱。[147]

從末四句之句法觀之，「眾維魚矣」與「旐維旟矣」相對成文，知
「眾」之詞性當與「旐」同，應屬名詞，而非形容詞「眾多」之
「眾」。馬瑞辰《毛詩傳箋通釋》指出：「《說文》螽為蠡之或體；《玉
篇》蠡古文作蟲；《春秋》『有蠡』，《公羊》皆作『螽』；《公羊·文公
二年》『雨螽于宋』，何休《解詁》曰：『螽猶眾也。』」故謂：「此詩
『眾』當為『螽』及『蟲』之省借；蟲，蝗也。」[148]衡諸句法，其說
實較「眾多」之解的當。而「眾維魚矣」之「維」，介乎兩名詞之
間，當如王引之《經傳釋詞》「惟猶與也、及也」條所云：「維」與
「惟」有解作「與」、「及」者，[149]屬「連詞」，而非解作「是」（鄭
《箋》解「旐維旟矣」便為「旐與旟」[150]）。詩句蓋謂牧人夢見了
「螽與魚」、「旐與旟」之吉兆，故有「豐年」、「室家興旺」之象。焦
循謂《箋》「捕魚說迂甚」固不差，其從《傳》解「眾維魚矣」為
「言眾多者維魚也」，亦欠妥。

十九　「具曰予聖，誰知烏之雌雄」條

《傳》：「君臣俱自謂聖也。」《箋》云：「時君臣賢愚相同，如
烏雌雄相似，誰能別異之乎。」
循按：「誰」字與「具」字相承。君臣俱自謂「予聖」，聖則通

147　《十三經注疏·毛詩注疏》，頁389。

148　《毛詩傳箋通釋》，中冊，頁588。

149　〔清〕王引之：《經傳釋詞》（臺北市：河洛圖書出版社，1980年），頁68。

150　《十三經注疏·毛詩注疏》，頁389。

矣。究竟烏之雌雄誰能知之。《箋》以烏比君臣，恐非毛義。
（頁338）

評曰：「具曰予聖，誰知烏之雌雄」語見〈小雅・正月〉，詩曰：

正月繁霜，我心憂傷。民之訛言，亦孔之將。念我獨兮，憂心
京京。……
父母生我，胡俾我瘉……好言自口，莠言自口。憂心愈愈，是
以有侮。
憂心惸惸，念我無祿。民之無辜，并其臣僕。哀我人斯，於何
從祿。……
瞻彼中林，侯薪侯蒸。民今方殆，視天夢夢……有皇上帝，伊
誰云憎？
謂山蓋卑，為岡為陵。民之訛言，寧莫之懲。……具曰予聖，
誰知烏之雌雄？
謂天蓋高，不敢不局。謂地蓋厚，不敢不蹐。……哀今之人，
胡為虺蜴？
瞻彼阪田，有菀其特。天之扤我，如不我克。……
心之憂矣，如或結之。今茲之正，胡然厲矣。……赫赫宗周，
褒姒烕之。……[151]

關於「具曰予聖，誰知烏之雌雄」之解詁，焦循據《傳》說、且
注意到上下句相關詞彙「具」與「誰」之相承關係，故解為「君臣俱
自謂予聖，究竟烏之雌雄誰能知之」，義脈上堪稱順遂。吾人尚可從

---

151 《十三經注疏・毛詩注疏》，頁397-401。

「誰知烏之雌雄」之句構體察，句法上「烏之雌雄」為「知」之受詞；《箋》云：「時君臣賢愚適同，如烏雌雄相似，誰能別異之乎」，[152]實將原屬受詞之「烏之雌雄」轉成「具曰予聖」（時君臣賢愚相同）之喻依，而「具曰予聖」反成「誰知」之受詞矣，顯與原句構扞格。復從全詩之內容繹之，詩刺幽王，[153]詈昏暴之君，讒佞之臣，但營己私，罔顧蒼生，致令百姓身陷水深火熱之中，社稷危如累卵；而「具曰予聖，誰知烏之雌雄」，正所以刺諷昏君庸臣之愚昧、自是自大。若依《箋》解「時君臣賢愚相同，如烏雌雄相似，誰能別異之乎」，則此斥責之怒餒矣，文氣遂致斷裂。焦說可從。

二十　「舍彼有罪，既伏其辜。若此無罪，淪胥以鋪」條

《傳》：「舍，除。淪，率也。」《箋》云：「胥，相。鋪，徧也。言王使此無罪者見牽索相引而徧得罪也。」

循按：審《傳》、《箋》之義，當讀「彼有罪既伏其辜」七字為一貫，若曰「除有罪伏辜者不論外，而無罪之人亦為彼有罪者所牽率而徧入於罪。」

《正義》解作「舍去有罪者不戮」，則「既伏其辜」四字為不詞矣。且「牽率相引」為誰所牽率邪？有罪者舍之，無罪者戮之，此顛倒刑罰不中耳。

惟有罪者戮，無罪者亦株連而戮，所謂「威」也。《箋》云「以刑罰威恐天下而不慮不圖」，正謂濫於用刑，不謂其錯於用刑也。（頁342）

152　《十三經注疏・毛詩注疏》，頁399。
153　《十三經注疏・毛詩注疏》，頁397。

評曰：此條見〈小雅・雨無正〉。其「既伏其辜」之句極易被理解為「伏罪而死」（或遭刑殺、或自殺）；蓋一般所用之「伏辜」多為此義，如《左傳・成公十七年》「寡人有討於郤氏，郤氏既伏其辜矣。」[154]《史記・自序》「京師行誅，七國伏辜。」[155]《漢書・佞幸・董賢傳》「賢自殺伏辜。」[156]皆是也。《正義》詁「舍彼有罪，既伏其辜」曰：「王不慮謀之，……反舍彼有罪，既伏其辜者而不戮，……。」[157]「有罪既伏其辜」而後接「而不戮」，乍讀之下便與「伏辜」之義相扞格而前後矛盾，此焦循所以駁《正義》「舍去有罪者不戮，則『既伏其辜』四字為不詞」。惟焦氏「《傳》『舍，除』，……審《傳》、《箋》之義，當讀『彼有罪既伏其辜』七字為一貫，若曰『除有罪，伏辜者不論外，而無罪之人亦為彼有罪者所牽率而徧入於罪』」之說，果較《正義》正確？先就句構言之，若讀「彼有罪既伏其辜」七字為一貫，則「此篇前二章章十句，若作一句讀，則少一句，與章句不合。」[158]復次援經證經，〈小雅・小弁〉：「君子信讒，……不舒究之。……舍彼有罪，予之佗矣。」（《箋》曰：「舍褒姒讒言之罪，而妄加我太子。」《正義》：「舍彼有罪之褒姒；太子無罪，王妄加之。」[159]）其「舍彼有罪，予之佗矣」句型與〈雨無正〉「舍彼有罪，既伏其辜。若此無罪，淪胥以鋪」相類，前者「舍彼有罪」之「舍」顯然難以「除……不論外」相詁，同一「舍彼有罪」，若依焦說，竟致異解，不能不啟人疑竇。又〈雨無正〉、《序》

---

154 《十三經注疏・左傳注疏》，頁484。

155 《史記》，冊4，頁3303。

156 〔漢〕班固撰，〔唐〕顏師古注：《漢書》（北京市：中華書局，1982年），冊11，頁3739。

157 《十三經注疏・毛詩注疏》，頁410。

158 〔清〕王引之：《經義述聞》，《詩經要籍集成》，冊29，頁81。

159 《十三經注疏・毛詩注疏》，頁422。

曰：「大夫刺幽王也。」[160]而〈大雅・瞻卬〉詩旨亦同，為「凡伯刺
幽王大壞也。」[161]兩詩併比觀之：

> 浩浩昊天，不駿其德。降喪饑饉，斬伐四國。昊天疾威，弗慮
> 弗圖，舍彼有罪，既伏其辜。若此無罪，淪胥以鋪。……[162]
> 瞻卬昊天，則不我惠。孔填不寧，降此大厲。……此宜無罪，
> 女反收之。彼宜有罪，女覆說之。……[163]

則不難發現：〈瞻卬〉之「此宜無罪，女反收之」即〈雨無正〉之
「若此無罪，淪胥以鋪」；[164]而「彼宜有罪，女覆說之」正「舍彼有
罪，既伏其辜」之解譯；「說之」，毛《傳》「說，赦也」，[165]朱子《詩
集傳》「說，音脫」，[166]「說之」即「為之脫罪」；[167]「為之脫罪」則
包含了「伏其辜」與「舍彼有罪」雙層意義。故此詩中「伏其辜」則
非焦循所理解之「伏辜」。王引之曰：

> 伏者，藏也見《廣雅》、隱也見《晉語・韋注》。凡戮有罪者，當聲
> 其罪而誅之。今王之舍彼有罪也，則既隱藏其罪而不之發矣。

---

160 《十三經注疏・毛詩注疏》，頁409。
161 《十三經注疏・毛詩注疏》，頁694。
162 《十三經注疏・毛詩注疏》，頁409。
163 《十三經注疏・毛詩注疏》，頁694。
164 王引之曰：「『淪胥以鋪』謂相率而入於刑，入於刑則病苦。」（詳參《經義述聞》，
　　《詩經要籍集成》，冊29，頁82之說解）
165 《十三經注疏・毛詩注疏》，頁694。
166 〔宋〕朱熹：《詩集傳》（臺北市：臺灣學生書局，1970年），冊（二），頁896。
167 屈師翼鵬曰：「說，與脫通。」見氏著：《詩經釋義》（臺北市：中國文化大學出版
　　部，1980年），頁389。

蓋惟其欲舍有罪之人，是以匿其罪狀耳。解者以「伏其辜」為「服罪」，則與「舍」字相抵梧。[168]

證之上述，王說的當，焦說欠妥不宜從；而細繹《正義》「王不慮謀之，……反舍彼有罪，既伏其辜者而不戮」之意，正釋「伏」為「隱伏」，副合詩旨也。至若《傳》「舍，除」之說，「除」或即謂「除其罪」，非焦循所誤解之「除……不論外」之意。

二十一　「維邇言是聽，維邇言是爭」條

《傳》：「邇，近也。爭為近言。」
循按：《傳》言「爭為近言」，則非爭辯言之異己者也。蓋上「惟邇言是聽」，則下「爭為邇言以諫之」。言邇則無遠圖，故如道謀而不遂於成也。（頁343）

評曰：「維邇言是聽，維邇言是爭」語見〈小雅・小旻〉第四章：

哀哉為猶，匪先民是程，匪大猶是經。維邇言是聽，維邇言是爭。如彼築室於道謀，是用不潰於成。[169]

其「維邇言是爭」，《箋》曰：「爭近言之異者」。孔穎達《疏》曰：「言而異者，於是爭辨之。」[170]其詁確如焦氏所指，非《傳》「爭為近言」之意。惟焦循依從毛《傳》解為「下爭為邇言以諫之」，是否

---

168 《經義述聞》，《詩經要籍集成》，冊29，頁81-82。
169 《十三經注疏・毛詩注疏》，頁413。
170 《十三經注疏・毛詩注疏》，頁413。

即為詩句之本旨？《箋》之詁是否允當？據毛《序》，〈小旻〉一詩，蓋「大夫刺幽王也。」[171]釋之以語境義脈與句法，「匪先民是程，匪大猶是經」與「維邇言是聽，維邇言是爭」實為兩組相對並列之句，用以修飾「哀哉為猶」之子句（即具體陳說在位者擘劃國家大計令人哀之原由）；其中「維……是聽」、「維……是爭」當與「匪……是程」、「匪……是經」同，同屬相互為文而義近，[172]用以強化在位者「為猶膚淺」之描述，而皆指向於首句之「哀哉為猶」。正以如此「為猶」，故下接「如彼築室于道謀，是用不潰（《傳》曰：「潰，遂也。」）于成。」而前後形成呼應之勢。鄭《箋》「爭近言之異者」，除與上下文義不協外，亦有「增字為注」之失。若依焦說：「蓋上惟邇言是聽，則下爭為邇言以諜之」，則與首句「為猶」不相侔，[173]而義脈連貫之文勢斷裂矣。「維邇言是爭」究應何解？《說文》：「爭，引也。」段《注》曰：「凡言爭者，皆謂引之使歸於己。」[174]故「爭」實可引申而有「取」義（故「爭取」連用成詞）。馬瑞辰詁「維邇言是爭」曰：「爭謂爭取其言也。」[175]「維邇言是取」與「維邇言是聽」義實相成，副合上述「哀哉為猶……是用不潰于成」之義脈句法，其說可從，焦循從《傳》詁，誤矣。

171　《十三經注疏・毛詩注疏》，頁412

172　「匪……是程，匪……是經」，毛《傳》曰：「程，法。經，常。」（《十三經注疏・毛詩注疏》，頁413）「程」與「經」義相近。而「維……是聽，維……是爭」，馬瑞辰曰：「『是爭』與『是聽』義正相近」（《毛詩傳箋通釋》中冊，頁631）

173　馬瑞辰曰：「《傳》謂在下者爭為邇言，與『是聽』屬上義不貫。」（《毛詩傳箋通釋》中冊，頁631）

174　《說文解字注》，頁162。

175　《毛詩傳箋通釋》，中冊，頁631。

二十二　「僭始既涵」條

> 《傳》：「僭，數。涵，容也。」
> 循按：「數」即「事君數」之「數」，謂讒言數速，不比浸潤之
> 譖不易知覺，然則容之，此亂之所由生也。容之，心猶未信，
> 至於信之，此亂之所以又生也。」（頁343）

評曰：「僭始既涵」句見〈小雅・巧言〉次章：

> 亂之初生，僭始既涵。亂之又生，君子信讒。君子如怒，亂庶
> 遄沮。[176]

《序》曰：「刺幽王也，大夫傷於讒，故作是詩也。」[177]知「讒言」
為詩中書寫之「重點」；而對比「亂之初生，僭始既涵」與「亂之又
生，君子信讒」之義脈，「僭」之義當與「讒」相類；《傳》曰：
「涵，容也。」則「僭」之詞格亦當與「讒」相同，前者為「涵」之
受格，後者為「信」之受詞，而皆當屬「名詞」。《傳》詁「僭」為
「數」，焦循謂「數」即「事君數」之「數」。案：「事君數」語見
《論語・里仁》：

> 子游曰：「事君數，斯辱矣。」[178]

176　《十三經注疏・毛詩注疏》，頁423-424。
177　《十三經注疏・毛詩注疏》，頁423。
178　《四書集註》，頁74。

朱子《注》引程子曰：「數，煩數也。」[179]「數」乃修飾「事」，弗論就「詞義」或「詞格」觀之，皆與「君子信讒」之「讒」不類，焦氏以「事君數」之「數」解毛《傳》「僭，數」之「數」，顯然不妥。「僭」、「譖」皆從「朁」得聲，[180]二者古音相近可通假相用（如〈大雅·抑〉「不僭不賊」，《釋文》曰「譖本亦作僭。」[181]是陸所見本作譖。[182]〈大雅·桑柔〉「朋友已譖」、〈大雅·瞻卬〉「譖始竟背」等，《釋文》皆云「譖本作僭」)，[183]且《一切經音義》引「僭始既涵」亦作「譖始既涵」；[184]《說文》：「讒，譖也。」[185]而「僭始既涵」之「僭」與其後「君子信讒」之「讒」，義脈上正前後呼應，皆足證「僭始既涵」之「僭」即「譖」之借字。[186]《說文》又曰：「譖，愬也。」[187]而「愬」即「訴」之或體，「訴」與「數」古音相近可借通，[188]又「訴」、「說」連用義同，[189]〈邶風·擊鼓〉：「死生契闊，

179　《四書集註》，頁74。

180　《說文》：「僭，從人朁聲。」「譖，從言朁聲。」（見《說文解字注》，頁382及100）

181　《十三經注疏·毛詩注疏》，頁648。

182　《詩三家義集疏》，下冊，頁938。

183　分見《十三經注疏·毛詩注疏》，頁656及648。

184　〔唐〕釋慧琳：《一切經音義》，續修四庫全書編纂委員會編：《續修四庫全書》（上海市：上海古籍出版社，1995年），冊197，頁30。

185　《說文解字注》，頁100。

186　段玉裁《說文》「僭」篆下曰：「〈小雅·巧言〉，《傳》曰：『僭，數也。』則謂僭即譖之假借也。」（《說文解字注》，頁382）

187　《說文解字注》，頁100。

188　《禮記·儒行》：「孔子對曰：『遽數之不能終其物，悉數之乃留，更僕未可終也。』」孔穎達《疏》曰：「數，說也。」（《十三經注疏·禮記注疏》，頁974-975。）《史記·汲鄭列傳》：「御史大夫張湯智足以拒諫，詐足以飾非，務巧佞之語，辯數之詞。」（《史記》，冊4，頁3110）依上下文義，上述之「數」皆當讀為「訴」；訴說連用，訴即說。愬（訴），古音心紐、鐸部；數，山紐、屋部；心紐為齒頭音，山紐為正齒音。（《漢字古音手冊》，頁4、31、173）鐸，屋旁轉。〔陳新雄：《古音學發微》（臺北市：嘉新水泥公司文化基金會，1972年），頁1062〕

與子成說」，毛《傳》云：「說，數也。」[190]亦可輔助體察《傳》「僭，數」之義。證以上述，胡承珙詁此條曰：「毛訓『數』者，『數』與『愬』同；《說文》『譖，愬也。』毛蓋謂『亂之初生由於譖愬始入，王既受而容之』，文義明順之至。」[191]其說較焦氏之解允當可從。

二十三　「楚楚者茨，言抽其棘」條

> 《傳》：「楚楚，茨棘貌。抽，除也。」《箋》云：「茨，蒺藜也。伐除蒺藜與棘。茨言楚楚，棘言抽，互辭也。」
>
> 循按：毛言「茨棘貌」，即謂茨之棘也。《方言》：「凡草木刺人，江湘之間謂之棘。」然則棘為有束者之通名。此棘則茨之棘也。《箋》以茨與棘為兩物。於經文「其」字為不達。（頁344）

評曰：「楚楚者茨，言抽其棘」句見〈小雅・楚茨〉首章：

楚楚者茨，言抽其棘。自昔何為？我蓺黍稷。……[192]

《箋》曰：「茨，蒺藜也。伐除蒺藜與棘，自古之人，何乃勤苦為此事乎？我將樹黍稷焉」，[193]由「伐除蒺藜與棘」，可知係將句中「茨」

---

189 《說文》：「訴，告也。」（《說文解字注》，頁100）《廣韻・薛韻》：「說，告也。」（《廣韻校釋》，下冊，頁1169）

190 《十三經注疏・毛詩注疏》，頁81。

191 《毛詩後箋》，下冊，頁1008。

192 《十三經注疏・毛詩注疏》，頁454。

193 《十三經注疏・毛詩注疏》，頁454。

與「棘」視為二物。又曰：「茨言『楚楚』，棘言『抽』，互辭也。」[194] 惟「互辭」中相應之「辭格」當相同，[195] 而「楚楚」與「抽」之「辭格」是否一致？案〈豳風・東山〉「蜎蜎者蠋」、〈小雅・四牡〉「翩翩者鵻」、〈小雅・皇皇者華〉「皇皇者華」、〈小雅・蓼莪〉「蓼蓼者莪」等，其「者」之前之「蜎蜎」、「翩翩」、「皇皇」、「蓼蓼」皆為狀詞，[196] 而「楚楚者茨」之句型與彼等相同，「楚楚」之辭性自當屬「狀詞」（故《傳》曰：「楚楚，茨棘貌。[197]」），而與「抽」（除也）為「動詞」不類，「互辭」之說難成立。復援經證經：〈周南・桃夭〉「桃之夭夭，灼灼其華」、「桃之夭夭，有蕡其實」、[198] 〈周南・漢廣〉「翹翹錯薪，言刈其楚」、「翹翹錯薪、言刈其蔞」，[199] 各句中之「其」皆為「代詞」，分別指稱上句之「桃」與「薪」；故「華」、「實」為「桃」之「華」、「實」；「楚」、「蔞」為「薪」中最高舉者，[200] 均非「桃」、「薪」之

194　《十三經注疏・毛詩注疏》，頁454。

195　《穀梁傳・隱公元年》：「公何以不言即位？成公志也。焉成也？言君之不取為公也。君之不取為公何也？將以讓桓也。」《疏》曰：「上言君，下言公，互辭。」（《十三經注疏・穀梁注疏》，頁9）君、公皆為名詞。《周易・損卦》：「象曰：君子以懲忿窒欲。」《正義》曰：「懲者息其既往，窒者閉其將來，懲、窒互文而相足也。」（《十三經注疏・周易注疏》，頁95）懲、窒皆為動詞。

196　「蜎蜎者蠋」，《傳》曰：「蜎蜎，蠋貌。」《箋》云：「蠋，蜎蜎然特行。」（《十三經注疏・毛詩注疏》頁295）「翩翩者鵻」，《正義》曰：「翩翩然者，鵻之鳥也。」（《十三經注疏・毛詩注疏》，頁318）「皇皇者華」，《傳》曰：「皇皇，猶煌煌也。」《正義》曰：「煌煌然而光明者是草木之華。」（《十三經注疏・毛詩注疏》，頁318-319）「蓼蓼者莪」，《傳》曰：「蓼蓼，長大貌。」《箋》云：「莪已蓼蓼長大貌」（《十三經注疏・毛詩注疏》，頁436）

197　《十三經注疏・毛詩注疏》，頁454。

198　《十三經注疏・毛詩注疏》，頁37。

199　《十三經注疏・毛詩注疏》，頁42-43。

200　《箋》云：「楚，雜薪中尤翹翹者。」《正義》曰：「楚在雜薪之中尤翹翹而高。」「翹翹錯薪，言刈其蔞。」（《傳》曰：「蔞，草中之翹翹然。」（《十三經注疏・毛詩注疏》，頁42-43）

外，另指他物。「楚楚者茨，言抽其棘」之句型實與上述句例相類（與〈漢廣〉句相似度尤高），里堂曰：「此棘則茨之棘也。《箋》以茨與棘為兩物，於經文『其』字為不達。」其說允當可從。[201]

二十四　「無遏爾躬」條

《傳》：「遏，止。」《箋》云：「當使子孫長行之，無終汝身則止。」

循按：《傳》訓「遏」為「止」，謂修德不已耳。止則不宣昭矣。《箋》非《傳》義。（頁347）

評曰：「無遏爾躬」句見〈大雅・文王〉末章：

命之不易、無遏爾躬。宣昭義問、有虞殷自天。上天之載、無聲無臭。儀刑文王、萬邦作孚。[202]

「無遏爾躬」係上承「命之不易」，而該句之「命」即為「天命」，即四章之「穆穆文王，於緝熙敬止。假哉天命，有商孫子。」五章之「侯服于周，天命靡常。」六章之「殷之未喪師，克配上帝，宜鑒于殷，駿命不易。」[203]而末章首句之「命之不易，無遏爾躬」正以「頂針格」之筆法上接六章末句之「駿命不易」，「駿命」亦「天命」也；依此相承關係，「命之不易，無遏爾躬」，當謂「此不易得之天命，[204]

---

201 〔清〕胡承珙注此條便採用焦循之說。（《毛詩後箋》，下冊，頁1082）

202 《十三經注疏・毛詩注疏》，頁537。

203 《十三經注疏・毛詩注疏》，頁537。

204 詩中「駿命不易」、「命之不易」之「不易」，《箋》詁為「不可改易」（《十三經注

無遏爾躬」，而「無遏爾躬」者，清代陳奐（1786-1863）曰「無於爾躬止也」。[205]細繹詩旨及相關詩句，可助明陳說之可從。蓋詩戒勉成王以文王為法，以殷商為鑑。[206]詩中屢言天命之不可知測（「上天之載，無聲無臭」），不易得不易保（「駿命不易」）。以商為例，當商湯「克配上帝」時，亦若文王「其命維斯」；[207]然至商紂，敗德背天，縱令「商之孫子，其麗不億」（子孫逾億），當「上帝既命侯于周服」[208]（帝以周代商），仍舊絕乎天命於紂身（堪謂「命之不易，遏乎紂躬」）。故勉成王「聿脩厥德，永言配命，自求多福」，[209]俾使「命之不易，無遏爾躬」。若依焦氏「修德不已」之說，則「無遏爾躬」須易為「無遏爾德」，方能相稱（實則「無遏爾躬」之前之「聿脩厥德，永言配命」已含「修德不已」之義）。《箋》云：「當使子孫長行之（天命），無終汝身則止」，[210]當即《傳》：「遏，止」之義，允為達詁（此與前述陳奐之解相同）；焦說非也。

疏・毛詩注疏》，頁537），惟五章曰「侯服于周，天命靡常」，末章「上天之載，無聲無臭」〔《箋》云：「天之道難知也，耳不聞聲音，鼻不聞香臭。」（《十三經注疏・毛詩注疏》，頁536、537）〕，則此「無常」、「難知」之天命，便非如《箋》所云「不可改易」，而係指「得之後保之不易」，否則「宜鑒于殷，駿命不易」便上下義矛盾矣。《釋文》便曰：「不易，言甚難也。」（《十三經注疏・毛詩注疏》，頁537）而鄭玄注〈大學〉引《詩》「駿命不易」（案：〈大學〉引作「峻命」），亦曰「天之大命，持之誠不易也。」（《十三經注疏・禮記注疏》，頁957）

205 〔清〕陳奐：《詩毛氏傳疏》（臺北市：臺灣學生書局，1967年），冊（二），頁647。
206 朱子於〈文王〉首章註曰：「周公追述文王之德，明周家所以受命而代商者，皆由於此，以戒成王。」見〔宋〕朱熹集註：《詩集傳》（香港：中華書局香港分局，1987年），頁175。
207 《十三經注疏・毛詩注疏》，頁533。
208 《十三經注疏・毛詩注疏》，頁535。
209 《十三經注疏・毛詩注疏》，頁537。
210 《十三經注疏・毛詩注疏》，頁537。

二十五 「削屢馮馮」條

《傳》:「削牆鍛屢之聲馮馮然。」

循按:此詩詠築牆之事,極其詳細。毛、鄭亦曲能達之。以蘽盛土,投之板中而築之。築其上也,其旁必有溢出於板者,則削之屢之以取其平。「削」謂以銚錯之類削去之,而義易明。「屢」,古「婁」字。〈小雅〉「式居婁驕」,《箋》云:「婁,斂也。」斂謂收斂,不用削而使其溢處收斂,則必用「鍛」。鍛者,椎也,以物椎擊之使平,則溢者斂。故《傳》以「鍛」明「屢」。「鍛屢」猶「鍛斂」,「鍛斂」猶「鍛鍊」。鍛之使堅牢,猶鍛之使精熟。〈儀禮·士喪禮〉「牢中旁寸」,《注》云:「牢讀為樓。樓為削約握之。」彼《疏》云:「讀從樓者,義取樓斂挾少之意。」《詩·小雅·釋文》云:「婁,徐云:鄭音樓。《爾雅》云:『哀、鳩、樓,聚也。』」今《爾雅》作「摟」,與「斂」同訓。〈釋宮〉:「陝而修曲曰樓。」樓取於陝,即婁之為斂。蓋「削」者,平其土之堅處,「屢」者鍛其土之不堅處。不堅鍛之使堅,則斂之正所以牢之。《正義》解為「削之人屢,其聲馮馮然」,是以「屢」為「數」,失毛義矣。(頁352、353)

評曰:「削屢馮馮」語見〈大雅·緜〉第三章:

乃召司空,乃召司徒,俾立室家,其繩則直,縮版以載,作廟翼翼。捄之陾陾,度之薨薨,築之登登,削屢馮馮。百堵皆興,鼛鼓弗勝,迺立皋門。[211]

---

211 《十三經注疏·毛詩注疏》,頁548、549。

毛《傳》解「削屢馮馮」之「削屢」為「削牆鍛屢」，[212]焦循指出「屢」、「婁」古今字，[213]並取〈小雅・角弓〉「式居婁驕」、《箋》云「婁，斂也」；[214]以及《儀禮・士喪禮》「牢中旁寸」、《注》云「牢讀為摟」，《疏》云「義取摟斂挾少之意」；[215]以及《爾雅》「哀、鳩、摟，聚也」，[216]明「婁」（或從婁得聲者）有「斂」義，闡述毛《傳》「削牆鍛屢」乃謂「築牆時有溢出於板者，須削平之，鍛斂之以求平整」，詁《傳》之功大矣。惟檢繹相關詩句，此說恐非的解，蓋「削屢馮馮」之前有「捄之陾陾，度之薨薨，築之登登」與之並列，四者循序描述築牆之事，「捄之陾陾」：捊聚壤土；「度之薨薨」：投（倒）土於版；[217]「築之登登」：以杵夯擊版中之土；[218]「削屢馮馮」當為築牆之末道手續。毛《傳》「削牆」者是，「鍛屢」之說則待商榷。依焦循之解，「鍛屢」乃以物椎擊溢處（溢出之土）以取其平，求其堅牢。惟衡之以一般之「版築」，牆胚面取其平多以「削」，欲其堅牢則求諸於「築」（以杵垂直擊打重夯），非如焦氏所言，從「溢處椎擊」也。復從句構觀之：「捄之陾陾」、「度之薨薨」、「築之登登」之句型皆為「動詞＋受詞＋狀詞」，「削屢馮馮」既與之並列，句構亦當如斯

212　《十三經注疏・毛詩注疏》，頁549。

213　《說文解字注》「婁」篆段《注》亦有此說（《說文解字注》，頁630）

214　《十三經注疏・毛詩注疏》，頁505。

215　《十三經注疏・儀禮注疏》，頁413。

216　《十三經注疏・爾雅注疏》，頁21。

217　《箋》云：「捄，捊也。度猶投也。築牆者，捊聚壤土，盛之以虆而投諸版中。」（《十三經注疏・毛詩注疏》，頁549）

218　《史記・黥布列傳》：「項王伐齊，身負板築，以為士卒先。」裴駰《集解》引李奇：「板，牆板也。築，杵也。」（《史記》，冊4，頁2600、2601）築牆時，以兩板相夾，填土于其中，以杵夯擊，求其堅實。「築之登登」，《傳》曰「登登，用力也。」《正義》曰「築者用力為多，故云用力登登然。」（《十三經注疏・毛詩注疏》，頁548、549）當指此。

（即「屢」當為受詞），若從毛《傳》、焦說，釋「屢」為「鍛屢」（鍛斂），則成「動詞＋動詞＋狀詞」，句型參差矣。[219]焦循之後有馬瑞辰（1781-1853）亦從「屢」、「婁」之關係做出疏解：

> 古有婁無屢，屢即婁字之俗，當讀同「傴僂」之僂。古以曲為傴，〈問喪・注〉「傴，背曲也」是也。……車蓋之中高而旁下者謂之「枸簍」，《方言》「車枸簍，……南楚之外謂之篷，或謂之隆屈」是也。龜背之中高而兩旁下者亦謂之僂句，《昭二十五年左傳》「臧會竊其寶龜僂句」，朱彬曰「僂句即以名龜，『僂句不吾欺』猶云『龜不吾欺』」是也。……頸之腫曰瘻，《說文》「瘻，頸腫也」是也。丘壟之堆高者曰「培塿」，《方言・注》：「培塿亦堆高。」又《集韻》引《埤蒼》：「婁，山巔也。」《孟子》趙《注》：「岑樓，山之銳嶺。」婁與樓皆從「婁」會意，「婁」與「隆」雙聲，故婁之義為「隆高」。竊謂「削婁」即「削去其牆土之隆高者，使之平且堅也。」惟其隆高，故宜削耳。[220]

　　馬氏彙舉背曲則骨脊隆起之「傴僂」，[221]《方言》之「車枸簍又名隆屈」，[222]龜背中高兩旁下低、《左傳》又稱「僂句」[223]，《說文》

---

219 《正義》解此，有「削之人屢其聲馮馮然」之說（《十三經注疏・毛詩注疏》頁549），「以屢為數」，衡之「動詞＋受詞＋狀詞」之句構，其說亦不妥。

220 《毛詩傳箋通釋》，下冊，頁821。

221 《禮記・問喪》：「傴者不袒。」鄭玄《注》：「傴，背曲也。」（《十三經注疏・禮記注疏》，頁947）

222 《景印文淵閣四庫全書・方言》，冊221，頁338。

223 《十三經注疏・左傳注疏》，頁895。

之「瘻，頸腫也」，[224]《集韻》引《埤蒼》之「嶁，山巓也」，[225]《孟子》趙《注》之「岑樓，山之銳嶺」[226]等書面材料，佐證「嶁」（或從嶁得聲得義者）有「隆高」（嶁、隆雙聲）之義，故謂「削屢馮馮」之「削屢（削嶁）」為「削去牆土之隆高者」。「牆土之隆高者」實即焦循所稱「溢處之土」，以杵夯擊築版中之土時，必有泥土自版隙溢出，形成突出隆高之物，惟其隆高，為求平整故宜削耳。馬氏之詁，不僅符合詩中版築之順序，貼切築牆之實情，其以「削屢」之「屢」為「牆土之隆高者」為名詞，亦符合前所述之「動詞＋受詞＋狀詞」之句構，實為可取之訓，焦說欠妥。

二十六　「思齊大任，文王之母。思媚周姜，京室之婦」條

　　《傳》：「齊，莊。媚，愛也。周姜，太姜也。京室，王室也。」《箋》云：「常思莊敬者，大任也，乃為文王之母。又常思愛太姜之配太王之禮，故能為京室之婦。」
　　循按：「思齊」、「思媚」文同。則首二句言大任，次二句言大姜，末二句言大姒。《列女傳》所謂周室三母也。鄭以大姜乃大任之姑，不當次於下，故以「思媚周姜」為大任思愛之，《傳》義未然也。（頁355）

　　評曰：「思齊大任……。」句見《大雅‧思齊》。首章曰：

224　《說文解字注》，頁353。

225　〔宋〕丁度等編，方成珪考正：《集韻》（臺北市：臺灣商務印書館，1965年），冊（四），頁576。

226　《十三經注疏‧孟子注疏》，頁209。

思齊大任，文王之母。思媚周姜，京室之婦。大姒嗣徽音，則
百斯男。[227]

就句構觀之，為三組並列之句，確如焦氏所言「『思齊』、『思媚』文
同，則首二句言大任，次二句言大姜，末二句言大姒。」以見文王德
業之立，母親、祖母之教誨感召，以及賢妻之內助，厥功皆偉。[228]而
文序之先敘母德，次及祖母，乃因母子最親，耳濡目染，重其受教之
所自，復不忘家風薰陶之根柢。鄭《箋》或拘泥於長幼之序，以「大
姜乃大任之姑，不當次於下」，又誤解「思齊」、「思媚」之「思」為
實詞，[229]故以「思媚周姜」為「大任之思愛周姜」，非原詩之意矣。
焦說非之，實稱允當。

二十七 「思馬斯作」條

《傳》：「作，始也。」
循按：始之言先也。與「斯臧」、「斯才」一例，謂斯馬斯居眾
馬之先也。《正義》以「及其古始」解，於義未達。（頁371）

評曰：「思馬斯作」句見〈魯頌・駉〉：

駉駉牡馬，在坰之野。……有驈有皇，有驪有黃，……思馬
斯臧。

---

227 《十三經注疏・毛詩注疏》，頁561。
228 《詩序》云：「〈思齊〉，文王所以聖也。」（《十三經注疏・毛詩注疏》，頁561）
229 置於句首之「思」多為發語詞，詳參王引之《經傳釋詞》頁175之說明。

　　駉駉牡馬，在坰之野。……有騅有駓，有騂有騏，……思馬
斯才。
　　駉駉牡馬，在坰之野。……有驒有駱，有駵有雒，……思馬
斯作。[230]

詩乃描寫魯侯牧馬之盛美，[231]其中「思馬斯作」之「作」當與「思馬
斯臧」之「臧」、「思馬斯才」之「才」義類相近，屬稱頌之詞；毛
《傳》曰「作，始也」，《正義》曰「謂令此馬及其古始如伯禽之時
也」，[232]以「古始」訓「作」，與「臧」、「才」不洽，確如焦循所駁
「於義未達」；惟焦氏詁「始」為「先」，「謂斯馬斯居眾馬之先」，衡
諸詩義與句法，思馬「斯作」當與「斯臧」、「斯才」同，但統言群馬
之好，[233]未見「個馬之誇讚」，恐亦非毛《傳》「作，始也」之意。馬
瑞辰曰：

　　始與善古義相近。《說文》「俶，善也，一曰始也」，則「作」
　　為「始」，亦得訓「善」。……又《爾雅・釋言》：「作，為
　　也。」《小爾雅》：「為，治也。」《說苑・指武篇》：「造父、王
　　良不能以敝車、不作之馬趨疾而致遠。」「不作」猶「不治」，
　　「不治」猶「不善」，「不善」猶「不才」也。是知二章「思馬

230　《十三經注疏・毛詩注疏》，頁763-765。
231　《序》曰：「〈駉〉，頌僖公也。……儉以足用，寬以愛民，務農重穀，牧于坰
　　野，……史克作是頌。」（《十三經注疏・毛詩注疏》頁762-763。）裴師普賢曰：
　　「本篇就是讚美魯侯牧馬之盛的詩。」見糜文開、裴普賢：《詩經欣賞與研究》（臺
　　北市：三民書局，1987年），冊3，頁1627。
232　《十三經注疏・毛詩注疏》頁765。
233　高本漢曰：「全詩只是讚揚魯侯的好馬而已。」見氏著：《高本漢詩經注釋》（臺北
　　市：國立編譯館，1960年），下冊，頁1082。

斯才」、三章「思馬斯作」猶首章「思馬斯臧」也。……[234]

馬氏釋《傳》「作，始也」，援《說文》「俶，善也，一曰始也」、[235]
《爾雅・釋言》「作，為也」、[236]《小爾雅》「為，治也」[237]（「治」訓
「理」；「理」引申有「善」義[238]），以及《說苑・指武篇》「造父、王
良不能以敝車、不作之馬趨疾而致遠」[239]「不作」之用例（「不作」
之馬與「敝車」相對為文，知「不作」意同「不善」[240]），詁解
「作，始也」即「善」也，故謂「二章『思馬斯才』、三章『思馬斯
作』猶首章『思馬斯臧』也。」其說副合《詩》作以同義詞「一倡三
歎」之通則，允妥可從，愈於焦說。

---

234 《毛詩傳箋通釋》，下冊，頁1128。

235 《說文解字注》，頁374。

236 《景印文淵閣四庫全書・爾雅注疏》，冊221，頁44。

237 黃懷信：《小爾雅匯校集釋》（西安市：三秦出版社，2003年），頁21。

238 《說文解字注》，頁545、15。

239 《說苑疏證》，頁408。

240 《說苑今註今譯》即譯「不作之馬」為「劣馬」〔盧元駿註譯：《說苑今註今譯》
（臺北市：臺灣商務印書館，1977年），頁498〕，「劣馬」即「不善之馬」。

第六章
結論

　　綜上所述，焦循《毛詩補疏》中之說解，雖然亦有差誤欠妥者，如《傳》解有誤，焦氏因過崇而未察、續承其誤（如「維爾言是爭」條、「眾維魚」條、「無相猶」條、「削屢馮馮」條等）；或《傳》未必誤，里堂解《傳》反誤（如「其祁孔有」條、「無遏爾躬」條、「僭始既涵」條、「思馬斯作」條等）；或《箋》、《正義》詁解無誤，焦氏誤駁之（如「有懷於衛」條、「舍彼有罪、既伏其辜」條、「尚無為」條等）；然總體觀之，瑕不掩瑜，書中頗多精彩之筆值得揄揚，足堪為研《詩》者參考借鏡，茲臚述如下：

　　一、對於前人如郭璞、王應麟、陸佃、羅願等之於《詩》中輿地、蟲魚鳥獸草木等說解之不足、譌誤，多能旁徵博引、彙蒐相關書面材料及目驗耳聞等，或輔以行政區域之沿革（如「遵彼汝墳」條），或透過兼義聲符之比較（如「宛邱之上」條），或證以禽鳥之習性（如「維鵲有巢，維鳩居之」條），或運用方言土語之察辨（如「關關雎鳩」條），爬梳析理，成其補苴罅漏之功。

　　二、毛《傳》解詁有言簡意賅者（如「施於中谷」條、「蓼蓼者莪」條、「顛沛之揭」條等），焦循每能深思細繹，抉其幽旨。

　　三、毛《傳》、鄭《箋》、《正義》疏解之同異處、欠妥處，多能予以簡別，訂補，有助於讀《詩》者，定其從違，決其是非。

　　四、書中之於名物之解詁，每每重視其得名原由之辨析（如「瓠犀」、「勺藥」等），此於《詩》之比興取義之體會，大有裨益。

　　五、詁解方法頗為豐富，且能純熟地加以綜合運用。其中結合書

面語與方言土語，頗具現代田野調查之精神，彰顯了方言在古籍訓讀中之重要性；而運用右文進行詁解，書中所在多有（如「一發五犯」條、「齒如瓠犀」條、「檜楫松舟」條、「宛邱之上」條、「東門之枌」條等），沈兼士氏謂「應用右文法裨益於審定字義者匪尠」，[1]於焉可獲強力佐證。其中「檜楫松舟」條，焦氏繫聯具聲轉關係之「會」、「舌」為聲符之右文之「佸」、「括」、「栝」、「鬠」、「儈」，以闡明「檜」木得名之原由，實已突破傳統右文說之拘囿於同一聲旁，而兼及音近義通者，拓展了右文材料遴用之範圍。而「同物異稱」之彙蒐、運用（如「鷗鶹鷗鶹」條），亦為訓詁工作增添了可資取用之材料。

六、焦氏將「溫柔敦厚」之《詩》教，納入「以禮代理」之新思潮理論體系中，不僅視之為忠恕、絜矩之道之基石，強調其「相人偶」之社會功能性；更將國族命脈之存續與之相繫，實為此一傳統命題之研探，開拓了新的視野。

阮元曰：「……《毛詩傳箋通釋》、《草木鳥獸蟲魚釋》、《毛詩釋地》……皆能爬梳抉摘，多前人所未發……」[2]證以上述，實哉其言。

1　《沈兼士學術論文集・右文說在訓詁學上之沿革與推闡》，頁155。
2　阮元：《定香亭筆談》（臺北市：廣文書局，1968年），下冊，頁422。

參考書目

一 傳統文獻（依年代先後排列）

〔春秋〕左丘明 《國語》 臺北市 里仁書局 1981年

〔戰國〕列禦寇 《列子》 收入《景印文淵閣四庫全書》 冊1055 臺北市 臺灣商務印書館 1986年

〔漢〕揚 雄 《太玄經》 收入《景印文淵閣四庫全書》冊803

〔漢〕揚 雄 《方言》 收入《景印文淵閣四庫全書》冊221

〔漢〕司馬遷 《史記》 臺北市 鼎文書局 1979年

〔漢〕劉向集錄 《戰國策》 臺北市 里仁書局 1990年

〔漢〕班固撰，〔唐〕顏師古注 《新校漢書集注》 臺北市 世界書局 1973年

〔漢〕班 固 《漢書》 北京市 中華書局 1982年

〔漢〕焦 贛 《易林》 收入《景印文淵閣四庫全書》 冊88

〔漢〕戴 德 《大戴禮記》 收入《景印文淵閣四庫全書》 冊128

〔漢〕許慎撰，〔清〕段玉裁注 《說文解字注》 臺北市 漢京文化公司 1980年

〔梁〕蕭統撰，〔唐〕李善等註 《增補六臣註文選》 臺北市 華正書局 1979年

〔梁〕蕭子顯撰，楊家駱主編 《南齊書》 臺北市 鼎文書局 1978年

〔梁〕蕭統編，〔唐〕李善等注　《文選》　臺北市　五南圖書出版
　　　公司　1991年

〔北魏〕賈思勰　《齊民要術》　收入《景印文淵閣四庫全書》　冊
　　　730

〔北魏〕酈道元　《水經注》　收入《景印文淵閣四庫全書》　冊
　　　573

〔唐〕顏師古　《匡謬正俗》　收入《景印文淵閣四庫全書》　冊
　　　221

〔唐〕徐堅等撰　《初學記》　收入《景印文淵閣四庫全書》　冊
　　　890

〔唐〕楊倞注，〔清〕王先謙集解　《荀子集解》　臺北市　世界書
　　　局　1955年

〔唐〕釋慧琳　《一切經音義》　收入《續修四庫全書》編纂委員會
　　　編：《續修四庫全書》　冊197　上海市　上海古籍出版社
　　　1995年

〔宋〕丁度等編　《集韻》　臺北市　學海出版社　1986年

〔宋〕丁度等編，方成珪考正　《集韻》　臺北市　臺灣商務印書館
　　　1965年

〔宋〕王　銍　《默記》　收入《景印文淵閣四庫全書》　冊1038

〔宋〕王應麟　《詩地理考》　收入《景印文淵閣四庫全書》　冊75

〔宋〕陸　佃　《埤雅》　收入《景印文淵閣四庫全書》　冊222

〔宋〕羅　願　《爾雅翼》　收入《景印文淵閣四庫全書》　冊222

〔宋〕朱　熹　《四書集註》　臺北市　學海出版社　1988年

〔宋〕朱　熹　《詩集傳》　收入中國詩經學會編：《詩經要籍集
　　　成》　冊6　北京市　學院出版社　2002年

〔宋〕朱　熹　《詩集傳》　香港　中華書局香港分局　1987年

〔宋〕嚴　粲　《詩緝》　收入《詩經要籍集成》　冊9

〔清〕陳　奐　《詩毛氏傳疏》　臺北市　臺灣學生書局　1967年

〔清〕俞　樾　《詩經平議》　收入《詩經要籍集成》冊35

〔清〕焦循等撰，晏炎吾等點校　《清人詩說四種》　武昌市　華中
　　　師範大學出版社　1986年

〔清〕顧　鎮　《虞東學詩》　收入《景印文淵閣四庫全書》　冊89

〔清〕焦循撰，劉建臻點校　《焦循詩文集》　揚州市　廣陵書社
　　　2009年

〔清〕阮元重刊宋本《十三經注疏・周易注疏》　臺北市　藝文印書
　　　館　1955年

〔清〕阮元重刊宋本《十三經注疏・毛詩注疏》　臺北市　藝文印書
　　　館　1955年

〔清〕阮元重刊宋本《十三經注疏・左傳注疏》　臺北市　藝文印書
　　　館　1955年

〔清〕阮元重刊宋本《十三經注疏・穀梁傳注疏》　臺北市　藝文印
　　　書館　1955年

〔清〕阮元重刊宋本《十三經注疏・周禮注疏》　臺北市　藝文印書
　　　館　1955年

〔清〕阮元重刊宋本《十三經注疏・儀禮注疏》　臺北市　藝文印書
　　　館　1955年

〔清〕阮元重刊宋本《十三經注疏・禮記注疏》　臺北市　藝文印書
　　　館　1955年

〔清〕阮元重刊宋本《十三經注疏・論語注疏》　臺北市　藝文印書
　　　館　1955年

〔清〕阮元重刊宋本《十三經注疏・孟子注疏》　臺北市　藝文印書
　　　館　1955年

〔清〕阮元重刊宋本《十三經注疏・大學注疏》 臺北市 藝文印書
　　　館 1955年

〔清〕阮元重刊宋本《十三經注疏・爾雅注疏》 臺北市 藝文印書
　　　館 1955年

〔清〕阮元撰，鄧經元點校 《揅經室集》 北京市 中華書局
　　　1993年

〔清〕王引之撰 《經義述聞》 臺北市 臺灣商務印書館 1979年

〔清〕王引之撰 《經傳釋詞》 臺北市 河洛圖書出版社 1980年

〔清〕馬瑞辰撰，陳金生點校 《毛詩傳箋通釋》 北京市 中華書
　　　局 1989年

〔清〕胡承珙撰，郭金芝點校 《毛詩後箋》 合肥市 黃山書社
　　　1999年

〔清〕孫詒讓 《墨子閒詁》 臺北市 華正書局 1987年

〔清〕王先謙 《荀子集解》 北京市 中華書局 1988年

〔清〕王先謙 《詩三家義集疏》 臺北市 明文書局 1988年

〔清〕李道平 《周易集解纂疏》 北京市 中央編譯出版社 2011年

〔清〕郝懿行 《爾雅義疏》 臺北市 藝文印書館 1966年

〔清〕劉寶楠 《論語正義》 北京市 中華書局 1990年

〔清〕阮　元 《定香亭筆談》 臺北市 廣文書局 1968年

二　近人論著（依出版先後排列）

高本漢 《高本漢詩經注釋》 臺北市 國立編譯館 1960年

裴學海 《古書虛字集釋》 臺北市 廣文書局 1962年

丁福保 《說文解字詁林》 臺北市 臺灣商務印書館 1966年

嚴一萍選輯 《百部叢書集成》 臺北市 藝文印書館 1970年

陳新雄　《古音學發微》　臺北市　嘉新水泥公司文化基金會　1972年

盧元駿註譯　《說苑今註今譯》　臺北市　臺灣商務印書館　1977年

屈萬里　《詩經釋義》　臺北市　中國文化大學出版部　1980年

許維遹校釋　《韓詩外傳校釋》　北京市　中華書局　1980年

婁曾泉、顏章炮著　《明朝史話》　北京市　北京出版社　1984年

陳奇猷校釋　《呂氏春秋校釋》　臺北市　華正書局　1985年

趙善詒疏證　《說苑疏證》　臺北市　文史哲出版社　1986年

郭錫良　《漢字古音手冊》　北京市　北京大學出版社　1986年

沈兼士　《沈兼士學術論文集》　北京市　中華書局　1986年

糜文開、裴普賢　《詩經欣賞與研究》　臺北市　三民書局　1987年

胡吉宣　《玉篇校釋》　上海市　上海古籍出版社　1989年

張舜徽　《清儒學記》　濟南市　齊魯書社　1991年

方述鑫、林小安編　《甲骨金文字典》　成都市　巴蜀書社　1993年

張壽安　《以禮代理》　臺北市　中央研究院近代史研究所　1994年

賴貴三　《焦循年譜新編》　臺北市　里仁書局　1994年

張雙棣　《淮南子校釋》　北京市　北京大學出版社　1997年

徐復主編　《廣雅詁林》　南京市　江蘇古籍出版社　1998年

劉曉東　《匡謬正俗平議》　濟南市　山東大學出版社　1999年

新文豐出版公司編輯部編輯　《叢書集成三編》　臺北市　新文豐出
　　　版公司　1999年

賴貴三　《焦循手批十三經註解研究》　臺北市　里仁書局　2000年

楊之水　《詩經名物新證》　北京市　北京古籍出版社　2000年

戴　維　《詩經研究史》　長沙市　新華書店　2001年

洪湛侯　《詩經學史》　北京市　中華書局　2002年

《十三經辭典》編委會編　《十三經辭典‧毛詩卷》　西安市　陝西
　　　人民出版社　2002年

徐元誥　《國語集解》　北京市　中華書局　2002年

施之勉　《漢書集釋》　臺北市　三民書局　2003年

潘富俊　《詩經植物圖鑑》　上海市　上海書店出版社　2003年

黃懷信　《小爾雅匯校集釋》　西安市　三秦出版社　2003年

尚志鈞輯釋　《本草拾遺輯釋》　合肥市　安徽科學技術出版社　2004年

劉建臻　《焦循著述新證》　北京市　社會科學文獻出版社　2005年

高明乾、佟玉華　《詩經動物釋詁》　北京市　中華書局　2005年

王天海校釋　《荀子校釋》　上海市　上海古籍出版社　2005年

黃焯彙校　《經典釋文彙校》　北京市　中華書局　2006年

任繼昉　《釋名匯校》　濟南市　齊魯書社　2006年

馮其庸、鄧安生纂著　《通假字彙釋》　北京市　北京大學出版社　2006年

蔡夢麒　《廣韻校釋》　長沙市　岳麓書社　2007年

呂珍玉　《詩經訓詁研究》　臺北市　文津出版社　2007年

方偉宏等著　《台灣鳥類全圖鑑》　臺北市　貓頭鷹出版社　2008年

賴貴三　《臺海兩岸焦循文獻考察與學術研究》　臺北市　文津出版社　2008年

黃　焯　《毛詩鄭箋平議》　武昌市　武漢大學出版社　2008年

董治安主編　《兩漢全書》　濟南市　山東大學出版社　2009年

劉建臻　《焦循學術論略》　北京市　社會科學文獻出版社　2012年

經學研究叢書・經學史研究叢刊　0501019

焦循《毛詩補疏》探究

作　　　者	劉玉國	
責任編輯	蔡雅如	
特約校對	林秋芬	
發 行 人	陳滿銘	
總 經 理	梁錦興	
總 編 輯	陳滿銘	
副總編輯	張晏瑞	
編 輯 所	萬卷樓圖書股份有限公司	
排　　　版	林曉敏	
印　　　刷	百通科技股份有限公司	
封面設計	百通科技股份有限公司	

發　　　行　萬卷樓圖書股份有限公司

臺北市羅斯福路二段 41 號 6 樓之 3

電話 (02)23216565

傳真 (02)23218698

電郵 SERVICE@WANJUAN.COM.TW

大陸經銷　廈門外圖臺灣書店有限公司

電郵 JKB188@188.COM

香港經銷　香港聯合書刊物流有限公司

電話 (852)21502100

傳真 (852)23560735

ISBN 978-986-478-013-6

2016 年 7 月初版

定價：新臺幣 260 元

如何購買本書：

1. 劃撥購書，請透過以下郵政劃撥帳號：

帳號：15624015

戶名：萬卷樓圖書股份有限公司

2. 轉帳購書，請透過以下帳戶

合作金庫銀行　古亭分行

戶名：萬卷樓圖書股份有限公司

帳號：0877717092596

3. 網路購書，請透過萬卷樓網站

網址 WWW.WANJUAN.COM.TW

大量購書，請直接聯繫我們，將有專人為您服務。客服：(02)23216565 分機 10

如有缺頁、破損或裝訂錯誤，請寄回更換

國家圖書館出版品預行編目資料

焦循《毛詩補疏》探究 / 劉玉國著. -- 初版. -- 臺北市：萬卷樓, 2016.07

面；　公分. -- (經學研究叢書. 經學史研究叢刊)

ISBN 978-986-478-013-6(平裝)

1.(清)焦循 2.詩經 3.學術思想 4.研究考訂

831.117　　　　　　　　　　　　105010411